小说家的诗

林建法／主编

自画像

汪曾祺／著

徐 强／编

辽宁人民出版社

©汪曾祺　徐强　2016

图书在版编目（CIP）数据

自画像 / 汪曾祺著；徐强编 . —沈阳：辽宁人民
出版社，2017.6
（小说家的诗 / 林建法主编）
ISBN 978-7-205-08811-8

Ⅰ . ①自… Ⅱ . ①汪… ②徐… Ⅲ . ①诗集-中国-
当代 Ⅳ . ① I227

中国版本图书馆 CIP 数据核字（2016）第 302402 号

出版发行：辽宁人民出版社
　　　　地址：沈阳市和平区十一纬路 25 号　邮编：110003
　　　　电话：024-23284321（邮　购）　024-23284324（发行部）
　　　　传真：024-23284191（发行部）　024-23284304（办公室）
　　　　http://www.lnpph.com.cn
印　　刷：沈阳市精华印刷有限公司
幅面尺寸：140mm×230mm
印　　张：18
字　　数：126 千字
出版时间：2017 年 6 月第 1 版
印刷时间：2017 年 6 月第 1 次印刷
责任编辑：时祥选
装帧设计：丁末末
责任校对：徐　跃
书　　号：ISBN 978-7-205-08811-8

定　　价：58.00 元

牡丹為揚州名葛卉
又觀善南興種
須曾洪
染極費工
我多聊诉乃
一次染聊寫
將聊浮其
彭鳃耳
雪深秋
食琪記

萬古雲霄一朝風月　雪曾禧

吾鄉日紅蘿卜
白蘿蔔名美
蘿卜 辛未青廿二日記

林则徐充军伊犁後赋连玉
河南赔治河工罹伊犁的有诗
有句云 楷些山色伊江水
回首依三勒马为主恶
依黎河邪是我到新疆
至今二年距今十四年矣
一九六二年秋黄桂记

一九八〇年十一月廿六日
曾祺之

昆明楊梅色如燃炭名火炭梅味極甜濃
兩季常有曲旅文珍叶實寿香媲秉

旧体诗
↓

小
说
中
的
诗
↓

附
录
↓

新

诗

自 画 像

——给 一 切 不 认 识 我 的
和 一 个 认 识 我 的

我一手拿支笔，

一手捏一把刀，

把镇定与大胆集成了焦点，

命令万种颜色皈依我的意向，

一口气吹散满室尘土，

教画布为我的眼睛心寒：

用绿色画成头发，再带点鹅儿黄，

好到故乡小溪的雾里摇摇，

听许多欲言又止的梦话，

也许有几丝被季候染白了的，

摇摇欲坠，

坠落波心，

更随流水流到天涯！

用浅红描两瓣修眉，

待开出恬静的馨香，

谁需要，我送给她，

随她爱簪在鬃边，

爱别在襟头，

到残谢的时候，

随意抛了也好。

还有嘴唇呢，

那当然是淡淡的天青，

（谁知道那有甚么用，）

春日里，风飘着，

带有蝶粉的头巾，

如果白云下有寂寞吹拂，我愿意厮伴着黄昏。

休要让霜雪铺满了空地，

还得涂上点背景，

我抹遍所有的颜色，

织成了孩子的窗帘。

然后放下画笔，

抽口烟，看烟圈儿散入带雨的蓝天。

彗星辛辛苦苦地绕过一个大圈子。

太阳替自己造成了午夜。

拍地抛去烟蒂头，花，花，花，

刮去了布上那片繁华，

散成碎屑，

飞舞在我的周身。

只留得一双眼睛，

涂过上千种颜色，

又大，又黑，盯着我，教我直寒噤。

也许，也许，

总有一个时候吧，

会凝成星星明灭的金光。

悬挂在甚么地方呢？

让风吹在天上吧。附在萍藻的叶背，

在记忆之外闪着幽光？

但是，亲爱的，我担心，

天上也有冰河纪！

为纪念我的生日而作

三十年二月十六日晚草成

原载1941年9月17日香港《大公报》"文艺"副刊。

昆 明 小 街 景

盲老人的竹杖，

毛驴儿的瘸腿，

量得尽么？

是一段荒唐的历史啊，唉，

这长街闹嚷得多么寂寞：

走过了，又走过了，

多少多少日子……

收旧货的叫唤

推开太史府深掩的门，

那面椭圆的镜子

多像老祖母的眼睛。

泡湿了的木柴

嘲笑着老挑夫的肩膀

吱吱地，吱吱地，

卖出了黄连甘草，

也卖出了一叠叠纸钱。

少掌柜打得一手好算盘，

三下五除二

四下五落一……

唢呐儿吹着不同的调子

却一样是呜呜地，

有人走着，拖一大串泥草鞋

也活像牵着条哈叭狗儿，嘻，

你瞧瓦松长得那么肥绿了，

才几天？

卖馄饨的敲着白日更，

吾神驾云去也……

乘风归去，

天门里有金色的花，

那直上云雾的十八盘哩，

喔，谁扔下一只烂橘子，

瘦狗儿夹起尾巴箭一般——哈哈，

怎么？新松菇？

空车子比千把斤石头还重，

老黄牛依旧得拖着，没辙。

邪门儿，邪门儿，

可不是吗！

"夕阳无限好

只是近黄昏"

瞧小三儿的帽顶多红！

归去也，凉了，哎，伙计，开水！

原载1941年3月3日香港《大公报》"文艺"副刊第1043期。

有 血 的 被 单

　　昨天得潜弟来信：说，四月中吐了三天血，其实，应当说是呕血：整块紫黑的血自喉间涌出。……他还太年青，他想做许多事，不应被衰弱磨折，他应该强健起来呵。祝福。

年青人有年老人

卡在网孔上的咳嗽，

如鱼，跃起，又落到

印花布上看淡了的

油污。磁质的月光

摇落窗外盛开的

玫瑰深黑的瓣子，你的心

是空了旅客的海船。

不必痛哭你的强拗

如一个农夫哭他

走失了六月的耕牛。

想家的时候，你是

被秋千从云里带下来的

孩子，我知道。静静！

学一个白发的医生

告诉别人吧：我病了。……

五月九日

作于 1941 年 5 月 9 日，原载 1941 年 7 月
30 日香港《大公报》"文艺"副刊第 1149 期。

小　茶　馆

小茶馆用了新字号，

顾客□□它的招牌，

掌柜的点头的姿势，

是一本厚流水帐簿。

喝茶的凭着自己的腿，

带他们到坐惯的座上：

有人说故事像说着自己，

有人说着自己像说故事。

有人甚么也不说，抽抽烟，

看着自己碗里颜色淡了，

又看别人碗里泛起新绿。

有人不是为喝茶来的，

是小茶馆里有（新）装饰：

卖唱的嗓子

不估价笑容，

看相的望不见自己

被人看熟了的脸。

采参的眼中颜色

真像是一座秋山。

石板路记下了，那

驮马的蹄子的滑蹶，

炉中的残炭里去了

温热，褪下艳紫深红，

掌柜的打扫一地瓜子壳

把泡过的叶子烘干。

对联上的金字，

游离在茶烟里，

小茶馆该已不是

第一回新张了吧。

有人设想掌柜的

每回怎么迟疑着

贴出了停业启事，

怎样扶头捏着笔

想向自己说什么。

原载 1941 年 5 月 26 日《大公报》（桂林）。

消　息

——童　话　的　解　说　之　一

亲爱的，你别这样，

别用含泪的眼睛对我，

我不愿意从静水里

看久已沉积的悲哀，

你看我如叙述一篇论文，

删去一般不必要的符号，

告诉你，我老了……

如江南轻轻的有了秋天。

二月天在一朵淡白的杜鹃花上谢落了，

又□向何方。我还未看清自己的颜色。

只是，我是个老人，

而你，你依旧年青，

我能想起第一回

在我的嘴里有衰老的名字，

又甚么时候遗忘了诧异。

我也能在青灯前，

为你说每一根白发的故事，

可是，我不能。

因为你有黑而大的眼睛。

当我辞退了形容词，

忙碌于解剖一具历史的标本。

是的，我也年青过，

那是你记得的，

我浪费了又尊敬了的。

而现在，我遥望它微笑。

玻璃瓦下的砖缝里种一颗燕麦，

不经摇曳便熟了，

一穗萎弱的年华

挂几片□死的希望，

交付一把不说故事的竹帚，

更向自己学会了原谅。

我年青过，

那多半是因为你。

但是衰老是无情的，

因为人们以无情对衰老。

我仍将干了的花朵还你，

再为你破例的说我自己。

在那边，在那边，……

哦，你别这样。

慢慢的，慢慢的……

我还能在心里

找出一点风化的温柔，

如破烂的调色板上

有变了色的颜色。

忘了你，也忘了我，

听我说一个笑话：

一个年青人

依照自己的意思，

（虽然仍得感谢上帝。）

在深黑的纸上画过自己，

一次，又一次，

说着崇高，说着美丽，

为一切好看的声音

校正了定义，

像一只北极的萤虫，

在嘶鸣的水上

记下了素洁。

为怕翻搅的弄腻的彩色，

给灵魂涂一层香油，

（永远柔润的滋液）

透明外有幽幻的虹光了，

可是，"防火水中"——

生于玉泉的香草也烂了根叶，

看严冰也开出了紫焰呢，亲爱的……

你看过一滴深蓝

在清水里幻想，

大理石的天空，

又怎样淡了记忆，

你看见过那胡桃

怎样结成了硬壳，

为自己摘下之后

在壳肉之间

有多么奇异的空隙，

你看见过么，亲爱的，

一只秋蝇用昏晕的复眼

在黏湿的白热灯前

画成了迂回的航线，

破落的世第的女墙里

常常排开辉煌的夜宴，

折脚的螃蟹拼命挤出

满口陈年的酒花，

落了香色的树木

绿照了不卷帘的窗子,

我老了,但我为我的疲倦

工作,而我的疲倦为我的

休息,所有的诳话

说得自己相信了

便成了别人崇服的真理。

我学会宗教家可敬的卑劣。

我老了,你听我的声音,

平静得太可怕么,

你还很年青,不要

教眼角的神经太酸痛,

走,我们到幽邃的林子里

去散步,虽然你来的时候

已经经过艰苦的跋涉,

你，朝山的行客，亲爱的，

连失望也不要带走。

像从前一样，

我伸给你一只手臂，

这是你的头巾，

这是你的斗篷，

像一个病愈的人

我再递给一根手杖。

我也不会对无恒有恒，

你再来看我，当你

失去了所有的镜子的时候，

你来看我心上衰老的发根。

这是从日记里，从偶然留下的信札里，从读书时的眉批里，从一些没有名字的字片里集起来的破碎的句子，算是一个平凡人的文献，给一些常常问我为甚么不修剪头发的人，并谢谢他们。

　　卅年，昆明雨季的开始时候

　　原载 1941 年 6 月 12 日《中央日报》（昆明）。

昆 明 的 春 天

——不 必 朗 诵 的 诗 ，

　　给 来 自 故 乡 的 人 们

打开明瓦窗，

看我的烟在一道阳光里幻想。

（那卖蒸饭的白汽啵。）

够多美，朋友又说了，

若是在北平啊，

北平的尘土比这儿多，

游鱼梦想着桃花瓣儿呢，

在家里呆不住喙，

三毛钱，颐和园去了，

自行车，自行车，自行车，

真个是车如流水马如龙，

嚇嚇，马如龙，

有人赤脚穿木屐，过街心，

哪儿没有春光，您哪，

看烤饵块的脱下破皮袄，

（客气点好吧。）

尽翻着，尽翻着，

翻得直教人痒痒，

说真的，我真爱靴刀儿划起来的冰花儿，

小粉蝶儿，纱头巾，

飞，飞，

喝，看天染蓝了我的眼睛，

该不会有警报吧，今儿。

原载 1941 年 6 月 18 日《大公报》"文艺"
副刊第 1119 期。

封　泥

——童 话 的 解 说 之 二

姐姐带着钥匙吧，

最长的季节来了，

去看看我们的园子，

虽然我记得

最初一次离开的时候

并未一动虚掩的园门，

可是有风呢，

动的风和静的风。

甚么也别带

连记忆都遗忘，

姐姊，我正要那块

石碑上的字也

教目光磨平了，

我们的园子最好

连荒芜也没有。

秋天常是又高又大的

它将在一切旧址上

平铺了明蓝的荫：

□□□□□□□□□□

□□□□□，□□□□

□□□□□□□□□□

□□□□□□□□□□

□□□□□□□□

□□□□□□□□□

不给影子以重量。

这是最深的一点，

从开端来的，又

引向最后去，

是淡的，还是淡的，

并且也不必计算

那个总和，姊姊，

我们说，即使苦，

即使苦，…………

冷水上流着的

是无主的梦么，

不去理那些铭记的

日月，用最大的

勇气与恒心

去□吧，姐姐，

更温和一点，

你知道这园子的邻近

有许多用希望栽花的。

不要漏出一点消息，

可是，我怕我是个

多话的孩子，姊姊，

我说着牧羊人的

谎话，好不好，我说：

我们园里的树上

开满淡白的蝴蝶，

（还有红的，还有金的，

还有颜色以外的！）

青的虔诚的梦

有水红色的嫩根，

我们的柳丝是，哦，

流着醉的睇视的

柔发，流着许多

甜的热度

我说得不美丽时

我们的园子会帮助我。

我有更多的祝福，施给

自己过的，该施给别人了，现在。

我们教那些

等待的去追求，

教那些沉默的

去唱歌，教薄待

青春的去学学

秋天以前的风。

我们以别人的欢乐

来娱悦自己吧，姊姊。

怎么，姊姊不说话了，

看露水湿了你的趾尖。

很凉呢，尤其是秋天。

回去了，轻轻的，

让虚掩的门仍旧

虚掩着

孩子不会来的。

他们从未见过

一座不锁门的园子，

轻轻的走

我们没有又来过一次。

六月十□日□□

原载 1941 年 8 月 16 日《中央日报》（昆明）"文艺"副刊。

私　章

生如一条河，梦是一片水。

俯首于我半身恍惚的倒影。

窗帘上花朵木然萎谢了，

我像一张胶片摄两个风景。

落　叶　松

虫鸣声如轻雾，斑斓的谎，

从容飘落又向浓荫旧处。

活该是豪华的青山作主，

一挥手延续早秋的晚凉。

尽膜拜自己，庄严的法相，

愿宝殿湮圮于落成之初。

不睁的眼睛，雨夜的珠露，

不变的是你不散的馨香。

离绝绿染的紫啄的红爪，

鳞瓣上辉煌的黑色如火，

管春风又煽动下年的花。

终也落下，没有蜜的蜂巢，

而，积雪已抚育谎的坚果。

山头石烂，涧水流过轻沙。

原载 1942 年 11 月 13 日昆明《生活导报周刊》第一期。

旧　诗

当月光浸透了小草的红根

一只粉蝶飞起自己的影子

夜栖息在我的肩上它已经

冻冷了自己又颤抖着薄翼

两排杨树栽成了道道小河

蒲公英散开了淡白的纤絮

衰老的夜一天劳碌的星辰

昂着头你不怕晒黑了眼睛

原载1942年12月8日《大公报》（桂林）
"文艺"刊。

早 春 （ 习 作 ）

彩 旗

当风的彩旗，

像一片被缚住的波浪。

杏 花

杏花翻着碎碎的瓣子……

仿佛有人拿了一桶花瓣撒在树上。

早 春

（新绿是朦胧的，漂浮在树杪，

完全不像是叶子……）

远树的绿色的呼吸。

黄 昏

青灰色的黄昏，

下班的时候。

暗绿的道旁的柏树，

银红的骑车女郎的帽子，

橘黄色的电车灯。

忽然路灯亮了，

（像是轻轻的拍了拍手……）

空气里扩散着早春的湿润。

火　车

　　火车开过来了。

　　鲜洁，明亮，刷洗的清清爽爽，好像闻得到车厢里甘凉的空气。

　　这是餐车，窗纱整齐地挽着，每个窗口放着一盆鲜花。

　　火车是空的。火车正在调进车站，去接纳去往各地的旅客。

　　火车开过去了，突突突突，突突突突……

　　火车喷出来的汽是灰蓝色的，蓝得

那样深，简直走不过一个人去；但是，

很快，在它经过你的面前的时候，它映

出早已是眼睛看不出来的夕阳的余光，

变成极其柔和的浅红色；终于撕成一片

一片白色的碎片，正像正常的蒸汽的颜

色，翻卷着，疾速地消灭在高空。于是，

天色暗下来了。

载 1957 年 6 月号《诗刊》。

瞎 虻

牛虻，"虻"当读 méng，读做"牛忙"是错误的。我的故乡叫它"牛蜢蜢"，是因为它的鸣声很低，与调值的上声相近。北方或谓之"瞎虻"，"虻"读阴平。这东西的眼神是真不好，老是瞎碰乱撞。有时竟会笔直地撞到人脸上来。至于头触玻璃窗，更是司空见惯，不是诬赖它。雄牛虻吸植物汁液，雌牛虻刺吸人畜血，都不是好东西。讽刺它们一下，是可以的。

瞎虻笔直地飞向花丛，

却不料——咚！碰得脑袋生疼。

"唔？"它摸摸额角，鼓鼓眼睛，

"这是，这是怎么回事情？"

好天气，真带劲，香扑扑，热哄哄，

"再来，再来！"打个转，鼓鼓劲，

"一二，你看咱瞎虻飞得多冲！"

——咚!

"嗯?这空气咋这么硬,这么平?"

捉摸不透是什么原因,

瞎虻可傻了眼了:

"我往日多么聪明,

今儿可成老赶了!"

接连几次向玻璃猛冲,

累得它腰酸腿软了。

越想越觉得气不平,

短短的触角更短了。

一九七二年十月写

十一月十六日改

本篇写成后曾随信抄示朱德熙。修改后再次随信抄示。此据 11 月 16 日信刊印。

　　朱德熙（1920—1992），江苏苏州人，古文字学家、语言学家。汪曾祺的同学、好友，先后任教于清华大学、北京大学。曾任北京大学中文系主任、副校长、研究生院院长，中国语言学会及世界汉语教学会会长等。

水 马 儿

　　水马儿，当我还是孩子的时候，我的故乡的孩子叫它"海里蹦"。一名水黾。《本草纲目·虫部四》引陈藏器曰："水黾群游水上，水涸即飞，长寸许，四脚。"韩琦《凉榭池上二阕》："游鳞惊触绿荷香，水马成群股脚长。"善状其外形特征。苏东坡《二虫》诗称之为"水马儿"，大概是四川的乡音了，今从之。苏东坡对它的习性观察得很精到，令人惊喜佩服。诗里还提到一种昆虫"鹦鹉堆"，不知是何物。东坡诗录如下：

　　"君不见水马儿
　　步步逆流水。
　　大江东去日千里。
　　此虫趯趯长在此。
　　君不见鹦鹉堆，
　　决起随冲风，
　　随风一去宿何许？
　　逆风还落蓬蒿中。
　　二虫愚智皆莫测，
　　江边一笑无人识。"

雨后的小水沟多么平静，

水底下倒映着天光云影。

平静的沟中水可并不停留，

你看那水马儿在缓缓移动。

水马儿有一种天生的本领，

能够在水面上立足存身。

浑身铁黑，四脚伶仃，

不飞不舞，也没有声音。

它们全都是逆水栖息，

没一个倒站横行。

好半天一动不动，

听流水把它们带过了一程。

听流水把它们带过了一程，

量一量过不了七寸八寸，

它们可觉得这有点触目惊心，

就赶紧向上游连蹦几蹦。

天上的白云变红云，

晌午过了到黄昏，

你看看这一群水马儿，

依然是停留在原地不动。

你们这是干什么？

漂一程，蹦几蹦，既不退，又不进。

单调的反复有什么乐趣可言，

为什么白送走一天的光阴？

水马儿之一答曰："你管得着吗？

这是我们水马儿的习俗秉性！"

说话间又漂过短短一程，

它赶忙向原地连蹦几蹦。

一九七二年十一月十六日

　　本篇见作者 1972 年 11 月 16 日致朱德
熙信抄示。

有 一 个 长 头 发 的 青 年

有一个长头发的青年，

他要离开草原。

他觉得草原太单调，

他越走越远。

他越走越远，

穿一件白色的衬衫。

有一个长头发的青年，

他要离开草原，

他觉得草原太寂寞，

他越走越远。

他越走越远，

穿一件蓝色的衬衫。

有一个长头发的青年，

他要离开草原，

他蓦然回头一望，

草原一望无边。

他站着一动不动，

穿一件大红的衬衫。

三月十七日梦中作，醒来写定

赛 里 木 [①]

野苹果花开得像雪，

赛里木湖多么蓝哟！

塔松里飞出了白云，

赛里木湖多么蓝哟！

牛羊在绿山上吃草，

赛里木湖多么蓝哟！

赛里木湖多么蓝哟，

你好吗？赛里木，赛里木！

　　① 赛里木湖在新疆，离伊犁不远。"赛
里木"是突厥语，意为平安。旅人到了赛里
木湖，都要俯首说一声："赛里木！"

吐 鲁 番 的 联 想

异国守城的士兵，

一箭射穿了玄奘的水袋。

于是有了坎儿井。

有人在戈壁滩上，

捡到岑参的一纸马料帐^①。

什么时候咱们逛一逛纽约的唐人街。

安西都护一天比一天老了，

他的酒量一天比一天小了。

飞机上载的是无核葡萄干。

广州的孩子没见过下雪，

吐鲁番的孩子没见过下雨。

广州、吐鲁番都有邮局。

① 岑参马料帐现藏乌鲁木齐新疆博物馆。

巴特尔要离开家乡

大雁飞在天上，

影子留在地上。

巴特尔要离开家乡，

心里充满了忧伤。

巴特尔躺在圈儿河①旁，

闻着草原的清香。

圈儿河流了一前晌，

还没有流出家乡。

① 呼伦贝尔草原有一条河，叫圈儿河。
圈儿河很奇怪，它不是径直地流去，而是不
停地转着圈。牧民说，这河舍不得离开草原。

玉 渊 潭 正 月

汽车开过湖边，

带起一群落叶。

落叶追着汽车，

一直追得很远。

终于没有劲了，

又纷纷地停下了。

"你神气什么，

还嘀嘀地叫！"

"甭理它，咱们讲故事：

秋天，

早晨的露水……"

坝 上

风梳着筱麦沙沙地响，

山药花翻滚着雪浪。

走半天看不到一个人，

这就是俺们的坝上。

歌 声

他很少回他的家乡，

他的家乡是四川绵阳。

他每年收到家乡寄来的包裹，

包裹里寄的是干辣椒，豆瓣酱。

他用四川话和我们交谈，

藏话说得很流畅。

他写的歌子很好听,

藏族的歌手都爱唱。

听说他已经死了,

我不禁想起他挺老实的模样。

收音机里有时还播他写的歌子,

歌声还是那样悠扬,那样明朗。

　　　　　　纪念一位入藏三十年的作曲家

　　原题"旅途(八首)",载《中国作家》
1986年第4期,包括这七首新诗与一首旧体诗
《泊万县》。《泊万县》收入本书"旧体诗"中。

我 的 家 乡 在 高 邮

我的家乡在高邮，

风吹湖水浪悠悠。

岸上栽的是垂杨柳，

树下卧的是黑水牛。

我的家乡在高邮，

春是春来秋是秋。

八月十五连枝藕，

九月初五闷芋头。

我的家乡在高邮，

女伢子的眼睛乌溜溜。

不是人物长得秀，

怎会出一个风流才子秦少游？

我的家乡在高邮，

花团锦绣在前头。

百样的花儿都不丑，

单要一朵五月端阳通红灼亮的红石榴！

（为电视片《梦故乡》作）

作于1993年10月中旬，系为电视片《梦故乡》所作主题歌歌词。载高邮市文联编印《甓社珠光——高邮市文联十年成果集》（1996年4月出版）。

一

万朵茶花似火

徘徊着

顾望着自己的影子

孤独

乖巧的

黑凤

二

黑黑的龙潭

有太阳，有云

有雨，有星星

"大眼睛，

猫头鹰！"

三

定定地看着人

又倏然垂下了睫毛

像一只敛翅的鸟

泄密的眼睛

原载《女声》1997 年第 7 期。

夏 天

早 晨

露水。

露水湿了草叶，湿了马齿苋。

一只螳螂在牵牛花上散步。精致的
淡绿的薄纱的贴身轻装。

金针花来了。

真凉快。

井

凉意从井里丝丝地冒上来。

花

茉莉。素馨。珠兰。数珠兰清雅。

淡 竹 叶

淡竹叶略似竹叶，半藏在草丛中，
不高，开淡淡的天蓝色的小如指甲的简
单的花。

蝈 蝈 和 纺 织 娘

蝈蝈把天气叫得更燥热了。我们用
番瓜花喂蝈蝈，用很辣的辣椒喂它。它

就叫得更吵人了。

扁豆架的叶丛中有一只纺织娘，不知它是怎样飞来的。

一到晚上，它就纺纱，沙沙沙……

萤 火 虫

萤火虫一亮一亮的，忽上，忽下。

这组诗作者生前未发表。作年不详。

曾作为"汪曾祺遗作一组"的一部分刊于《中国作家》1998年第1期。

秋　冬

爬　山　虎

沿街的爬山虎红了，

北京的秋意浓了。

爬山虎的叶子掉光了，

昨晚上下过一场霜了。

黄　栌

香山的黄栌喝得烂醉。

下 雪

雪花想下又不想下，

犹犹豫豫。

你们商量商量，

拿个主意。

对面人家的房顶白了

雪花拿定了主意了：下。

雪 后

大吊车停留在空中，

一动不动。

听不到指挥运料的哨音。

异常的安静。

热 汤 面

擀面条的声音，

切白菜的声音，

下雪天的声音。

这种天气，怎么出去买菜？

卖菜的也不出摊。

楼上楼下，

好几家，

今天都吃热汤面。

"牛牛！牛牛！

到副食店去买两块臭豆腐！"

这组诗作者生前未发表。作年不详。
曾作为"汪曾祺遗作一组"的一部分刊
于《中国作家》1998 年第 1 期。

啄　木　鸟

啄木鸟追逐着雌鸟，

红胸脯发出无声的喊叫，

它们一翅飞出树林，

落在湖边的柳梢。

不知从哪里钻出一个孩子，

一声大叫。

啄木鸟吃了一惊，

他身边已经 没有雌鸟。

不一会儿树林里传出啄木的声音，

他已经忘记了刚才的烦恼。

作者生前未发表。作年不详。据手稿收入。

旧体诗

六 十 岁 生 日
散 步 玉 渊 潭

冻云欲湿上元灯，漠漠春阴柳未青。

行过玉渊潭上路，去年残叶太分明。

作于 1980 年 3 月 1 日，曾多次书写，又在散文《七十书怀》（1990）中自引。

诗题据作者 1996 年自书手迹，见《汪曾祺书画集》。

昆 明 莲 花 池

小 店 坐 雨

野店苔痕一寸深，莲花池外少行人。

浊酒一杯天过午，木香花湿雨沉沉。

作于 1981 年 9 月。曾书赠友人，后在散
文《昆明的雨》（1984 年 5 月 19 日作）、
《花·木香花》（1993 年 1 月 29 日作）中自引。
此据 1981 年 9 月 29 日写赠朱德熙件刊印。
题目为编者所加。原件后题跋作 ："四十年
前与德熙莲花池小店坐雨。一九八一年九月廿
九日曾祺。国庆后将应邀回故乡小住约一月，
书此告别。"

送 传 捷 外 甥 参 军

东海日升红杲杲，水兵搏浪起身早。

昂首浩歌飘然去，茫茫大陆一小岛。

一九八一年十月

原载《甓社珠光——高邮市文联十年
成果集》。另有手迹，落款作"写与小捷
一九八一年十一月 大舅舅"。传捷，指金传捷，
汪曾祺妹妹汪丽纹之子。

陵纹小妹存玩

故乡存骨肉，有妹在安徽。

所适殊非偶，课儿心未灰。

力耕怜弱质，怀远问寒梅。

何日归欤赋，天涯暖气吹。

　　　　　大哥哥　曾祺

作于 1981 年 10 月、11 月间，载《罍
社珠光——高邮市文联十年成果集》。

小　姑　爹　八　十　岁　矣　而　精

神　矍　铄　豪　迈　健　谈　命　作

诗　赋　三　绝　为　之　寿

扁舟一棹入江湖，一笑灯前认故吾。

报国有心豪气在，未甘伏枥饱干刍。

胸中百丈黄河浪，眼底巫山一段云。

犹余老缶当年笔，归画淮南万木春。

抵掌剧谈天下事，挥毫闲书老少年。

高龄八十健如此，熠熠珠光照夕烟。

　　作于 1981 年 11 月 1 日，落款"孙汪曾
祺敬草"。见陈其昌《崔锡麟和侄孙汪曾祺》
一文，收在《走近汪曾祺》一书（姜文定、
陈其昌主编，汪曾祺文学馆编印，2003 年版）
中。

　　小姑爹指崔锡麟。崔锡麟娶汪嘉勋之妹
汪嘉玉，汪曾祺按高邮习俗称之为"小姑爹"。

敬 呈 道 仁 夫 子

我爱张夫子，辛勤育后生。

汲源来大夏，播火到小城。

新文开道路，博学不求名。

白头甘淡泊，灼灼老人星。

受业　汪曾祺

八一年十一月

作于 1981 年 11 月。据手迹刊印。道仁
夫子，指作者初中语文老师张道仁。

敬 呈 文 英 老 师

"小羊儿乖乖，把门儿开开"，

歌声犹在，耳边徘徊。

念平生美育，从此培栽。

我今亦老矣，白髭盈腮。

但师恩母爱，岂能忘怀。

愿吾师康健，长寿无灾。

五小幼稚园第一班学生

汪曾祺上

作于 1981 年 11 月。据手迹刊印。文英，
是作者幼稚园时期的老师王文英，张道仁之
妻。

阴　城

莽莽阴城何代名，夜深鬼火恐人行。

故老传云古战场，儿童拾得旧韩瓶。

功名一世余荒冢，野土千年怨不平。

近闻拓地开工厂，从此阴城夜有灯。

作于 1981 年 11 月。《甓社珠光——高
邮市文联十年成果集》。

新　河

晨兴寻旧郭，散步看新河。

艇舶垂金菊，机船载粪过。

水边开菊圃，岸上晒萝卜。

小鱼堪饭饱，积雨未伤禾。

一九八一年十一月八日

新河散步写

作于 1981 年 11 月。载《甓社珠光——
高邮市文联十年成果集》。

同　学

同学少年发已苍，四方犹记共明窗。

红栏紫竹小亭子，绿柳黄牛隔岸庄。

村梢烟悬东门塔，野花雪放玫瑰香。

散学课余何处好，跳河比赛爬城墙。

作于 1981 年 11 月。载《甓社珠光——
高邮市文联十年成果集》。

应 小 爷 命 书

汪家宗族未凋零，奕奕犹存旧巷名。

独羡小爷真淡泊，临河闲读南华经。

作于 1981 年 10 月、11 月间。载《甓

社珠光——高邮市文联十年成果集》。

赠 汪 曾 荣

开口谈宗族，五服情谊深。

寄身在市井，端是有心人。

作于 1981 年 10 月。据手稿刊印。汪曾
荣是汪曾祺的同宗弟弟。

贺 孙 殿 娣 新 婚

夜深烛影长，花气百合香。

珠湖三十六，处处宿鸳鸯。

作于 1981 年 11 月。当时作者在高邮省
亲，参加亲戚孙殿娣婚礼，赋此为贺。

文　游　台

忆昔春游何处好，年年都上文游台。

树梢帆影轻轻过，台下豆花漫漫开。

秦邮碑帖怀铅拓，异代乡贤识姓来。

杰阁今犹存旧址，酒风余韵未曾衰。

作于 1981 年 11 月。当时作者在高邮省亲。据手迹刊印。

川 行 杂 诗
（ 五 首 ）

题记：

今年四月，应作协四川分会及四川人民出版社之邀，往游四川，经川西、川南、川中、川东诸地。车中默数游踪，得若干首。聊记见闻而已，意不在诗。

新 都 桂 湖 杨 升 庵 祠

杨慎升庵，新都人，状元及第，以议大礼流云南，死，以赭衣葬。桂湖其少年读书处也，今建升庵祠。

老树婆娑弄旧枝，桂湖何代建新祠？

一种风流人尚说，状元词曲罪臣诗。

新 屋

新都、广汉、邛崃改变农村体制，农民
富足，盖新屋者甚多。多为新式二层楼。新
楼已成，旧草屋未拆，新旧对比画出一幅
八十年代中国农村大转折的图画。

改体兼营工副农，买砖户户盖新屋。

且留旧屋看三年，好画人间歌与哭。

眉 山 三 苏 祠

三苏祠本苏氏宅，以宅为祠。东坡文云，
"家有五亩之园"，今略广，占地约八亩。
祠中有井，云是苏氏旧物，今犹清凉可汲。
东坡离家时，乡民植丹荔一株，欲待其归来
共食。东坡远谪，日啖岭南荔枝三百枚，竟
未及与乡人一尝其乡中佳果也。旧植丹荔已
死，今所见者系明代补栽，亦枯萎，正在抢救。

当日家园有五亩，至今文字重三苏。

红栏旧井犹堪汲，丹荔重栽第几株。

过 郭 沫 若 同 志 旧 宅

　　宅在沙湾场。瓦屋五进，颇低小。后有小园，隔墙可望绥山。园有绥山馆，是郭氏私塾，郭老幼年读书于此。"风笛""猿声"，郭老少年别母诗中词句。

风笛猿声里，峨眉国士乡。

绥山香不足，投笔叫羲皇。

北温泉夜步

又傍春江作夜行，征尘洗尽一身轻。

叶密树高好月色，竹闲风静让泉声。

一处杜鹃啼不歇，何来橘柚散浓馨。

明朝又下渝州去，此是川游第几程？

一九八二年五月五日

重庆抄出

诗 四 首

　　今年四月，应作协四川分会及四川人民出版社之邀，往游四川，经川西、川南、川中、川东诸地。车中默数游踪，得若干首。聊记见闻而已，意不在诗。

初 入 峨 眉 道 中 所 见

乱石丛中泉择路，悬崖脚底豆开花。

红衣孺子牵黄犊，白发翁婆卖春茶。

自 清 音 阁 至 洪 椿 坪

路依山为栈，山以树为形。

琴声十二里，泉水出山清。

宿洪椿坪夜雨早发

山中一夜雨，空翠湿人衣。

鸣泉声愈壮，何处子规啼?

媚态观音

媚态观音，静美如好女子。

虽吴生手笔，难画其肌体。

像教度人，原有两种义。

或尚威慑，使人知所畏惧；

或尚感化，使人息其心意。

威猛慑人难，柔软感人易。

迄后佛像造形，遂多取意于儿童少女。

少女无邪，儿童无虑，

即此便是佛意。我于是告天下人：

与其拜佛，不如膜拜少女！

原载《海棠》1982 年第 3 期。

劫 后 成 都

柳眠花重雨丝丝，劫后成都似旧时。

独有皇城今不见，刘张霸业使人思。

作于 1982 年 4 月，题目为编者所加。

"刘张"，指"文革"期间掌握四川实权的省"革委会"副主任刘结挺、张西挺夫妇。

成 都 小 吃

十载成都无小吃，年丰次第尽重开。

麻辣酸甜滋味别，不醉无归好汉来（皆餐馆名）。

作于 1982 年 4 月，1982 年 5 月 19 日
致朱德熙信中曾作为"成都竹枝词"四首之
一抄示。此据该信刊印。

离　堆

都江堰有离堆，

乐山有离堆，

截断连山分江水。

江水安流，

太守不归。

江水萧萧如鼓吹，

秦时明月照峨眉。

　　作于 1982 年 4 月，1982 年 5 月 19 日
致朱德熙信中曾作为"成都竹枝词"四首之
一抄示。此据该信刊印。

宜 宾 流 杯 池

山谷在川南，流连多意趣。

谁是与宴人，今存流杯处。

石刻化为风，传言难成据。

迁谪亦佳哉，能行万里路。

作于 1982 年 4 月，1982 年 5 月 19 日
致朱德熙信中曾作为"成都竹枝词"四首之
一抄示。此据该信刊印。

天　泉　洞

泉来天外，天在地底。

千奇百怪，岂有此理。

　　作于 1982 年 4 月，见刘大如《大山的
呼唤——兴文石海开发纪实》，天马图书出
版公司（未标注出版年份）。
　　天泉洞，四川宜宾兴文县著名溶洞景点，
在石林镇。

兴 文 石 海

群峰如沸涌，石势欲滔天。

造化钟神秀，平生此壮观。

作于 1982 年 4 月，见刘大如《大山的
呼唤——兴文石海开发纪实》。

泊 万 县

岸上疏灯如倦眼，中天月色似怀人。

卧听舷边东逝水，江涛先我到夔门。

作于 1982 年 4 月，1982 年 5 月 19 日
致朱德熙信中曾作为"成都竹枝词"四首之
一抄示，后作为"旅途（八首）"之一，刊
于《中国作家》1986 年第 4 期。此据致朱德
熙信中抄示者刊印。

天　池　雪　水　歌

明月照天山，雪峰淡淡蓝。

春暖雪化水流澌，流入深谷为天池。

天池水如孔雀绿，水中森森万松覆。

有时倒映雪山影，雪山倒影名如玉。

天池雪水下山来，快笑高歌不复回。

下山水如蓝玛瑙，卷沫喷花斗奇巧。

雪水流处长榆树，风吹白杨绿火炬。

雪水流处有人家，白白红红大丽花。

雪水流处小麦熟，新面打馕烤羊肉。

雪水流经山北麓，长宜子孙聚国族。

天池雪水深几许？储量恰当一年雨。

我从燕山向天山，曾度苍茫戈壁滩。

万里西来终不悔，待饮天池一杯水。

作于 1982 年 8 月，散文《天山行色》（作于同年 9 月
至 10 月，载《北京文学》1983 年第 1 期）中自引。

早 发 乌 苏 望 天 山

苍苍浮紫气，天山真雄伟。

陵谷分阴阳，不假皴擦美。

初阳照积雪，色如胭脂水。

　　作于1982年8月，散文《天山行色》
中自引。

往霍尔果斯途中望天山

天山在天上，没在白云间。

色与云相似，微露数峰巅。

只从蓝襞褶，遥知这是山。

作于 1982 年 8 月，散文《天山行色》中自引。

雨晴，自伊犁往尼勒克车中望乌孙山

096
↓
097

一痕界破地天间，浅绛依稀暗暗蓝。

夹道白杨无尽绿，殷红数点女郎衫。

作于1982年8月，散文《天山行色》中自引。

尼 勒 克

山形依旧乌孙国，公主琵琶尚有声。

至今团聚十三族，不尽长河绕县行。

作于 1982 年 8 月 24 日，据张肇思藏手
迹刊印。散文《天山行色》中也自引。诗题
为编者所加。

尼 勒 克 赠 赵 林

白杨摇绿，苹果垂红。

六畜繁息，五谷丰登。

作于 1982 年 8 月，据赵林藏手迹刊印。

自 题 菊 花 图

种菊不安篱，任它肆意长。

昨夜落秋霜，随风自俯仰。

作于 1982 年 11 月，题于作者所作菊花图
上。画见《汪曾祺书画集》，此据以刊印。诗
题为编者所加。诗末原有题款云："一九八二
年十一月不是七日就是八日，汪曾祺。时女儿
汪明在旁瞎出主意。"

游 湖 南 桃 花 源

一

红桃曾照秦时月，黄菊重开陶令花。

大乱十年成一梦，与君安坐吃擂茶。

二

修竹姗姗节字长，山中高树已经霜。

经霜竹树皆无语，小鸟啾啾为底忙？

三

山下鸡鸣相应答，林间鸟语自高低。

芭蕉叶响知来雨，已觉清流涨小溪。

作于 1982 年 11 月，当年 12 月 8 日所
作散文《湘行二记·桃花源记》（载《芙蓉》
1983 年第 4 期）自引。作者曾多次书写或自
题画作赠人，特别是第一首。诗题或作"宿
桃花源"等。此据 1983 年 2 月作者自题菊
花图定题。

犹及回乡听楚声，此身虽在总堪惊。

海内文章谁是我？长河流水浊还清。

玩物从来非丧志，著书老去为抒情。

避寿瞒人贪寂寞，小车只顾走麒麟。

作于 1982 年 12 月 26 日。此据当年 12
月 28 日致弘征信中抄示件收入，见弘征《我
与汪曾祺的诗缘》（载《解放日报》1998 年
12 月 18 日）。原信手迹见《永远的汪曾祺》
（上海远东出版社 2008 年版）。

偶 写 家 乡 楝 实

轻花淡紫殿余春，结实离离秋已深。

倒挂西风鸦不食，绿珠一树雪封门。

作于 1983 年 3 月，自题绘画《偶写家
乡楝实》上。

画藏高邮汪曾祺故居。

菏 泽 牡 丹

造化师人意，春秋在畚锸。

曹州天下奇，红粉黄金甲。

作于1983年4月23日，系为菏泽李集牡丹园题写。后于散文《菏泽游记》（1983年5月6日作，载《北京文学》1983年第10期）中自引。此据《菏泽游记》刊印。题目为编者所加。

梁　山

远闻钜野泽，来上宋江山。

马道横今古，寨墙积暮烟。

旧址颇茫渺，遗归尚俨然。

何当觇杏帜，舟渡蓼花滩。

作于 1983 年 4 月 24 日，应修复梁山规划
小组之请题写，后于散文《菏泽游记》中自引。
此据《菏泽游记》刊印。题目为编者所加。

登 大 境 门

战守经千载，丸泥塞万军。

欲问兴亡意，烽台倚夕曛。

作于 1983 年 6 月 21 日，原载《浪花》
1983 年第 3 期（手迹）。

重 来 张 家 口

——读 《 浪 花 》 小 说 有 感

我昔为迁客，学稼兼学圃。

往来坝上下，曾历三寒暑。

或绑葡萄条，或锄玉蜀黍。

插秧及背稻，汗下如蒸煮。

偶或弄彩墨，谱画马铃薯。

坐对一丛花，眸子炯如虎。

人或谓饴甘，我不厌荼苦。

身虽在异乡，亲之如故土。

唯恨文采输，佳作寥可数。

思之亦萦梦，浪花何日舞。

今我来旧地，披读才三五。

矍然喜且惊，篇半珠光吐。

如怀良苗新，已觉雏凤翥。

崛起期有日，太息肠可扪。

谁是育苗人，作此春风雨。

一九八三年六月廿一日

走笔于张家口

原载《浪花》1983 年第 3 期（手迹）。

重 来 张 家 口

北国山河壮，西窗客思深。

重来谴谪地，转能觉相亲。

一九八三年六月廿二日

据手迹刊印。

重 过 沙 岭 子 。 离 开 此

地 已 二 十 三 年 矣 ！ 晤

诸 旧 识， 深 以 为 快

二十三年弹指过，悠悠流水过洋河。

风吹杨树加拿大，雾湿葡萄波尔多。

白发故人还相识，谁家稚子学唱歌。

曾历沧桑增感慨，相期更上一层坡。

作于 1983 年 6 月 23 日，据手迹刊印。

题 冬 日 菊 花

新沏清茶饭后烟，自搔短发负晴暄。

枝头残菊开还好，留得秋光过小年。

约作于 1983 年 8 月，自题于冬日菊花画上。《〈晚饭花集〉自序》（1983 年 9 月 1 日作）、《自得其乐》（1992 年作，载《艺术世界》1992 年第 1 期）自引。此据《〈晚饭花集〉自序》刊印。诗题为编者所加。

戏 赠 宗 璞

壮游谁似冯宗璞，打伞遮阳过太湖。

却看碧波千万顷，北归流入枕边书。

作于 1983 年 9 月下旬，时汪曾祺与宗
璞共同参加《钟山》编辑部主办的太湖笔会。
见宗璞《三幅画》引（载《钟山》1988 年第
5 期）。

花 果 山

刻舟胶柱真多事，传说何妨姑妄言。

满纸荒唐《西游记》，人间幻境花果山。

1983 年 12 月初作、书于连云港，后在散文《人间幻境花果山》（1983 年 12 月 12 日作）中自引，文及此诗手迹载《连云港文学》1984 年第 1 期。标题系编者所加。

一 九 八 三 年 除 夕 子 时
戏 作

六十三年辞我去，飘然消逝入苍微。

此夜欣逢双甲子，何曾惆怅一丁儿。

秋花不似春花落，黄鸟时兼白鸟飞。

敢与诸君争席地，从今泻酒戒深杯。

作于1984年2月1日，次日（春节）
自题于菊花图上，画见《汪曾祺书画集》。

题 《长 篇 小 说 报》

久闻燕赵士，慷慨能悲歌。

花山花熠熠，硕果满青柯。

作于1984年，系应花山文艺出版社《长篇小说报》嘱撰题，手迹载《长篇小说报》1984年第1期(创刊号，当年7月出版)封二。原有题款"应花山出版社长篇小说报属 汪曾祺"。

题 为 宗 璞 画 牡 丹 图

人间存一角，聊放侧枝花。

临风亦自得，不共赤城霞。

作于1986年春，题于为宗璞所作牡丹
图之上。此据宗璞《三幅画》引文。诗题为
编者所加。

北 岳 文 艺 出 版 社 通 俗 文 学 讨 论 会 即 席 口 占

北岳谈文到南岳，巴人也可唱阳春。

渔父屈原相视笑，两昆仑是一昆仑。

作于 1986 年 5 月 26 日，系参加北岳文艺出版社在湖南常德举办的通俗文学讨论会发言时即席所作。后在散文《索溪峪》（载《桃花源》1988 年第 1、2 期合刊）中自引。此据《索溪峪》刊印。题目为编者所加。

题 黄 龙 洞

索溪峪自索溪峪，何必津津说桂林。

谁与风光评甲乙，黄龙石笋正生孙。

作于 1986 年 5 月 29 日，系应湖南索溪
峪风景区管理处之请题写。后在散文《索溪峪》
中自引。此据《索溪峪》刊印。题目为编者
所加。

宝 峰 湖

一鉴深藏锁翠微，移来三峡四周围。

游船驶入青山影，惊起鸳鸯对对飞。

作于 1986 年 5 月 30 日。散文《索溪峪》
中自引。诗题为编者所加。

寄 高 邮 县 文 联

风流千古说文游，烟柳隋堤一望收。

座上秦郎今在否，与卿同泛甓湖舟。

作于 1986 年 6 月。题于寄赠高邮县文
联的《晚饭花集》封面上。又收入《甓社珠
光——高邮市文联十年成果集》，编者加题"贺
家乡文联成立"。今题为本书编者所加。

自 题 水 仙 图

玉作精神水作魂，一年春尽一年春。

写罢搔头无处寄，令人却忆赵王孙。

作于 1986 年 8 月，题于自作水仙图上。画为福建人民出版社藏，见《中国当代作家书画作品集》（海峡文艺出版社 1994 年 2 月出版）。

长 春 昔 日 路 边 皆 植

小 叶 杨 树 ， 丁 香 花

甚 多 ， 今 犹 如 此 否 ？

书 贺 《 作 家 》 创 刊

三 十 年

清影姗姗小叶杨，繁花簇簇紫丁香。

卅年风雨春犹在，待看长春春更长。

作、题于 1986 年 7 月，手迹原载《作家》
1986 年第 10 期。

毓珉治印，自成一家，
奔放蕴藉兼有之。承
画二方，均甚佳，戏
作短歌为谢

少年刻印换酒钱，润例高悬五华山。

非秦非汉非今古，放笔挥刀气如虎。

四十年来劳案牍，钢刀生锈铜生绿。

十年大乱幸苟全，谁复商量到管弦？

即今宇内承平日，当年豪气未能遏。

浪游迹遍江湖海，偶逢佳石倾囊买。

少年积习未能消，老眼酒酣再奏刀。

晚岁渐于诗律细，摹古时时出新意。

亦秦亦汉亦文何，方寸青田大天地。

大巧若拙见精神，自古金石能寿人。

作于 1986 年 10 月。据手迹刊印。毓珉，指杨毓珉（1919—2002），山东蓬莱人。汪曾祺的同学好友。1950 年代后供职于北京市文联、北京京剧团，曾任《戏剧电影报》编审、主编。在《芦荡火种》《沙家浜》《杜鹃山》创作过程中多次与汪曾祺合作。其他作品有京剧《蔡文姬》《叶含嫣》等。

贺政道校友六十寿辰兼宇称不守恒定律发现三十年

三十年前三十岁，回头定不负滇池。

学承牛爱陈新意，梦绕巴黔忆故枝。

先墓犹存香雪海，儿孙解读宋唐诗。

即今宇内承平日，正待先生借箸时。

作于 1986 年 10 月，据手迹刊印。原有落款："西南联大校友会贺，汪曾祺缀句并书，一九八六年十月北京"。

赠 许 荫 章

相交少年时，上课曾同桌。

君未出闾里，我则似萍泊。

君已为良医，我从事写作。

如今俱老矣，所幸犹矍铄。

何时一樽酒，与君细斟酌。

约作于 1986 年，见许长生《我与汪曾祺》
一文，载《高邮文史资料》第 17 辑（高邮市
政协文史和学习委员会编，2001 年 12 月）。
许荫章（许长生），汪曾祺在高邮县立五小
高年级时的同学，后从医。

贺 路 翎 重 写 小 说

劫灰深处拨寒灰，谁信人间二度梅。

拨尽寒灰翻不说，枝头窈窕迎春晖。

本篇见散文《贺路翎重写小说》（作于
1987年1月14日，载1987年2月24日《人
民日报》）引。诗题为编者所加。

元　宵

一事胜人堪自笑，年年生日上元灯。

春回地暖融新雪，老去文思忆旧情。

欲动人心无小补，不图海外博虚名。

清时独坐饶滋味，幽草河边渐渐生。

作于 1987 年 2 月，刊于 1987 年 2 月 8 日《光明日报》"东风"副刊。

六 十 七 岁 生 日 自 寿

尚有三年方七十，看花犹喜眼双明。

劳生且读闲居赋，少小曾谙陋室铭。

弄笔偶成书四卷，浪游数得路千程。

至今仍作儿时梦，自在飞腾遍体轻。

作于 1987 年 2 月 12 日（元宵节，作者
的 67 岁生日）前后。据手迹刊印。

泼 水 节 印 象

泼水归来日未曛，散抛锥栗入深林。

铓锣象鼓声犹在，缅桂梢头晾筒裙。

作于 1987 年 4 月 12 日，作者时随中国
作协作家代表团在云南德宏州访问。见散文
《滇游新记·泼水节印象》（1987 年 5 月 4
日作，载《滇池》1987 年第 8 期）自引。题
目为编者所加。

题 腾 冲 和 顺 图 书 馆

海外千程路，楼中万卷书。

哲士何尝萎，余风在里间。

作于 1987 年 4 月 18 日，作者时随中国
作协作家代表团在云南德宏州访问。据和顺
图书馆提供手迹复制件刊印。题目为编者所
加。

和顺图书馆在腾冲县和顺乡，是以清末
和顺同盟会员寸馥清组织的"咸新社"和
1924 年成立的"阅书报社"为基础，经海外
华侨和乡人捐资赠书，1928 年建成的图书馆，
是著名乡村图书馆，也是腾冲境内文化景点。
内有诸多文化名人题字。

广　西　杂　诗

桂　林　（　一　）

山皆奇特如盆景，水尽温柔似女郎。

山水真堪天下甲，桂林小住不思乡。

桂　林　（　二　）

谁人垒出桂林山，和尚石涛酒后禅。

大绿浓青都泼尽，更余淡墨作云烟。

桂 林 （ 三 ）

漓江水似碧琉璃，两岸连山处处奇。

如此风光谁道得，桂林虽好不吟诗。

桂 林 （ 四 ）

不到广西画石涛，东涂西抹总皮毛。

并非和尚画山水，乃是云山画石涛。

桂 林 （ 五 ）

描摹清景入新词，烟雨漓江欲霁时。

待寄所思无一字，桂林宜画不宜诗。

南宁（一）

遍地花开香豆蔻，沿街树种密菠萝。

邕州人物何清雅，日啖荔枝三百颗。

南宁（二）

芭蕉叶大荔枝红，香惹晨岚向晓风。

绿树窗前多不识，去来只惜太匆匆。

一九八七年六月

桂林·南宁·北京

原载《广西文学》1987年第9期。

贺保罗·安格尔七十九岁生日

安寓堪安寓①，秋来万树红，

此间何人住？天地一诗翁。

此翁真健者，鹤发面如童。

才思犹俊逸，步态不龙钟。

心闲如静水，无事亦匆匆：

弯腰拾山果，投食食浣熊。

大笑时拍案，小饮自从容。

何物同君寿？南山顶上松。

①他家的门上钉了一块铜牌，刻字两行，上面一行是 Engle，下面是中文的"安寓"。

作于 1987 年 10 月 12 日，见于作者当日写给施松卿的信。当时作者在美国爱荷华大学国际写作计划进行交流。题目为编者所加。保罗·安格尔（Paul Engle, 1908—1991），美国诗人，爱荷华大学国际写作计划的创办者之一。10 月 12 日是安格尔 79 岁生日。

四 川 兴 文 竹 海

竹林如大海，弥望皆苍然。

枝繁隔鸟语，叶密藏炊烟。

人输玉兰片，仍用青竹担。

儿童生嚼笋，滋味似蔗甘。

作于 1987 年，见自题《四川兴文竹海》
画，画收于《汪曾祺书画集》。

田 园 庄

　　东北望，西北望，四望何空旷。莽
苍苍，古战场，遥想铁铠飞镗，重营叠嶂。
今俱往，韩昌六郎。但平芜尽处，柳梢青，
春荡漾，杳杳见扶桑。

　　作于 1988 年 3 月，系题赠田园庄饭店，
据潘珠军收藏作品原件刊印。原有落款"应
田园庄属 一九八八年三月 汪曾祺"。
　　田园庄饭店，位于北京海淀西北望（也
作西北旺）村。据《北京地名的传说》介绍，
北京海淀区有六郎庄，村名与杨家将故事有
关：传说当年六郎杨延昭曾在这一带领兵抗
辽。附近有与此有关的一系列地名，如挂甲屯、
造甲屯、亮甲店、韩家川以及佘太君登山遥
望金沙滩古战场的望儿山、东北旺、西北旺等。

寿马少波同志七十

红花岁岁炫颜色，青史滔滔唱海桑。

信是明妍天下甲，西厢双至咏西厢。

作于1988年3月，见散文《退役老兵不"退役"》（载1988年8月13日《文艺报》）自引。

马少波（1918—2009），戏剧家，曾任中国戏曲研究院副院长、中国京剧院副院长、文化部振兴京剧指导委员会副主任等职。

自 题 小 像

近事模糊远事真，双眸犹幸未全昏。

衰年变法谈何易，唱罢莲花又一春。

作于 1988 年 12 月 25 日，系为丁聪所
作汪曾祺小像题。载《三月风》1989 年第 1 期。

忽忆童年春节，兼欲与友人述近况，权当拜年

醒来惊觉纸窗明，雪后精神特地清。

瓦缶一枝天竹果，瓷瓶百沸去年冰。

似曾相识迎宾客，无可奈何罢酒钟。

咬得春盘心里美，题诗作画不称翁。

作于 1989 年 1 月 30 日，曾写赠诸友好。此据当日写赠范用件，见范用《曾祺诗笺》（文收《泥土 脚印》，凤凰出版社 2003 年版）。

范用（1923—2010），江苏镇江人，1938 年起从事出版工作。曾任人民出版社副社长兼三联书店总经理。

我 为 什 么 写 作

我事写作，原因无他：

从小到大，数学不佳。

考入大学，成天"泡茶"①，

读中文系，看书很杂。

偶写诗文，幸蒙刊发。

百无一用，乃成作家。

弄笔半纪②，今已华发。

成就甚少，无可矜夸。

有何思想？实近儒家。

人道其里，抒情其华。

有何风格？兼容并纳。

不今不古，文俗则雅。

与人无争，性颇通达。

如此而已，实在呒啥。

1989 年 3 月 7 日

① 我在西南联大时，每天坐茶馆，当时叫做"泡茶馆"。我看的杂书，多半是在茶馆里看的。我这个作家，实是在茶馆里"泡"出来的。

② 我 20 岁开始发表作品，到现在差不多有半个世纪了。

原载 1989 年 4 月 11 日《新民晚报》。

赠 星 云 大 师

出家还在家，含笑指琼花。

慈悲千万户，天地一袈裟。

作于 1989 年 3 月 31 日，时星云大师正率团在大陆探亲、弘法，汪曾祺参加了在北京举行的探亲团与北京知名作家座谈会，即席赋此诗赠星云。诗见张培《大陆探亲弘法之旅》一文（收入《佛宗万里记游》，台湾佛光出版社 1992 年版）。

释星云（1927—　），俗名李国深，江苏扬州人，12 岁于南京栖霞寺出家，系临济宗第 48 代传人。1945 年入栖霞律学院修学佛法。1949 年赴台湾。1967 年创建佛光山，并出任佛光山寺第一、二、三任住持。

柳花帆影草如茵，遗踪苍茫尚可寻。

遥想凭栏把卷处，吟诗犹是旧乡音。

作于 1989 年 5 月。载《麗社珠光——
高邮市文联十年成果集》。

为《珠湖春汛》报告文学集题词

珠湖春汛近如何，缩项鳊鱼价几多。

唯愿吾民堪鼓腹，百舟载货出漕河。

作于 1989 年 5 月。载《珠湖春汛》报告文学集（倪文才主编，高邮县文联 1989 年 7 月编印）。又载《甓社珠光——高邮市文联十年成果集》。

题 漳 州 八 宝 印 泥 厂

天外霞，石榴花。

古艳流千载，清芬入万家。

作于 1989 年 12 月，作者时在福建访问。
见散文《初访福建·漳州》（1990 年 1 月
30 日作，载 1990 年 4 月 21 日《中国旅游报》）
中自引。

七 十 书 怀 出 律 不 改

悠悠七十犹耽酒，唯觉登山步履迟。

书画萧萧余宿墨，文章淡淡忆儿时。

也写书评也作序，不开风气不为师。

假我十年闲粥饭，未知留得几囊诗。

作于 1990 年 2 月 10 日，时逢作者 70 岁生日。见散文《七十书怀》（1990）。

"出律不改"，作者在文中解释："'出律'指诗的第五六两句失粘，并因此影响最后两句平仄也颠倒了。我写的律诗往往有这种情况，五六两句失粘。为什么不改？因为这是我要说的主要两句话，特别是第六句，所书之怀，也仅此耳。改了，原意即不妥帖。"

赠 赵 本 夫

人来人往桃叶渡，风停风起莫愁湖。

相逢屠狗毋相迕，依旧当年赵本夫。

作于 1990 年，见赵本夫《汪先生》一文（载 1997 年 5 月 29 日《扬子晚报》）。赵本夫（1948— ），江苏丰县人，作家。

题 《百 味 斋 日 记》

轻霜渐觉秋菘熟，细雨微间蒲笋滋。

日日清时皆有味，岂因租吏便无诗。

作于1990年初冬，手迹载《人生品录——百味斋日记》（自牧著，山东文艺出版社1993年10月版）。自牧（1956—　　），原名邓基平，山东淄博人，作家。

辛未新正打油

宜入新春未是春，残笺宿墨隔年人。

屠苏已禁浮三白，生菜犹能簇五辛。

望断梅花无信息，看他桃偶长精神。

老夫亦有闲筹算，吃饭天天吃半斤。

作于1991年2月15日。据手迹刊印。
诗的前两句最早是1990年1月15日为自作
水仙金鱼画题句。见《七十书怀》（1990）
一文。

七 十 一 岁

七十一岁弹指耳，苍苍来径已模糊。

深居未厌新感觉，老学闲抄旧读书。

百镒难求罪己诏，一钱不值升官图。

元宵节也休空过，尚有风鸡酒一壶。

作于71岁生日（1991年3月1日）前
几天。2月26日致范用信曾抄示。此据该信
刊印。

昆　明

羁旅天南久未还，故乡无此好湖山。

长堤柳色浓如许，觅我游踪五十年。

作于 1991 年 4 月初作者访问云南前夕。
此据散文《觅我游踪五十年》（1991 年 5 月
11 日作）刊印。诗题据约同时所书一幅手迹，
见《汪曾祺作品自选集》（漓江出版社 1987
年版）插页。

犹 是 云 南 朝 暮 云

犹是云南朝暮云,箫吹弦诵有余音。

莲花池畔芊芊草,绿遍天涯几度春。

作于 1991 年 4 月初作者访问云南前夕。
先燕云《觅我游踪五十年——汪曾祺印象》
(见先燕云散文集《那方山水》,云南人民
出版社 1994 年版)引。题目为编者所加。

玉　烟

玉溪好风日，兹土偏宜烟。

宁减十年寿，不忘红塔山。

作于1991年4月8日，系为云南玉溪
卷烟厂题。见散文《烟赋》（1991年5月
20日作，载《十月》1991年第4期）自引。
题目为编者所加。

戏 赠 高 伟

湛湛两泓秋水眼，深深一片护胸毛。

沙滩自有安眠处，不逐滩头上下潮。

作于1991年4月，见李迪《红红的土地
高高的山》（文收高洪波、李迪主编《十五
日夜走滇境》，华龄出版社1996年版）。题
目为编者所加。高伟，时为中国作家协会创
联部干事，与作者一同参加"红塔山笔会"。

调　林　栋

踏破崎岖似坦途，论交结客满江湖。

唇如少女眼儿媚，固是昂藏一丈夫。

作于 1991 年 4 月，见李迪《红红的土
地高高的山》。题目为编者所加。林栋，即
李林栋，中国作协"红塔山笔会"活动的策划、
联络人。

戏 赠 李 迪

草帽已成蕉叶坡，倭衫犹似菜花黄。

几度泼湿吉祥水，本性轻狂转更狂。

作于 1991 年 4 月，先燕云《觅我游踪五十年——汪曾祺印象》一文引（第四句改作"郎本轻狂转更狂"）。题目为编者所加。李迪，作家，时与作者一同参加"红塔山笔会"。

致 朱 德 熙

梦中喝得长江水，老去犹为孺子牛。

陌上花开今一度，翩然何日复归休?

本篇见 1991 年 5 月作者致信朱德熙抄
示。

戏柬斤澜

编修罢去一身轻，愁听青词诵道经。

几度随时言好事，从今不再误苍生。

文章也读新潮浪，古董唯藏旧酒瓶。

且吃小葱拌豆腐，看他五鼠闹东京。

作于 1991 年，书赠林斤澜。手迹见程绍国著《林斤澜说》（人民文学出版社 2006 年版）。

林斤澜（1923—2009），浙江温州人。历任北京人民艺术剧院编剧，北京市作协专业作家、副主席等职。1986 年 4 月开始担任《北京文学》主编，1990 年 6 月卸任。

泰　山　归　来

我从泰山归，携归一片云。

开匣忽相视，化作雨霖霖。

作于1991年7月，原为散文《泰山片石》
的"序"。《泰山片石》载《绿叶》1992年
第1期（创刊号）。题目为编者所加。

题 为 张 抗 抗 画 牡 丹 图

看朱成碧且由他，大道从来直似斜。

见说洛阳春索寞，牡丹拒绝著繁花。

作于1991年初秋，系题于为张抗抗所作牡丹图上。散文《自得其乐》（载《艺术世界》1992年第1期）自引。文中说："今年洛阳春寒，牡丹至期不开。张抗抗在洛阳等了几天，败兴而归，写了一篇散文《牡丹的拒绝》。我给她画了一幅画，红叶绿花，并题一诗：……"此据张抗抗藏画刊印。张抗抗（1950—　），女，祖籍广东新会，生于杭州，作家。

赠 张 守 仁

独有慧心分品格，不随俗眼看文章。

归来多幸蒙闺宠，削得生梨浸齿凉。

作于 1991 年秋，见张守仁《最后一位
文人作家汪曾祺》（载《美文》2005 年第 5
期）。诗题为编者所加。张守仁（1933—　），
作家、翻译家、编审。时任《十月》副主编。

高 邮 中 学

红亭紫竹觅遗踪，此是当年赞化宫。

绛帐风流今胜昔，一堂济济坐春风。

作于 1991 年 10 月。载《麑社珠光——
高邮市文联十年成果集》。

回 乡 书 赠 母 校 诸 同 学

乡音已改发如蓬，梦里频年记故踪。

疏钟隐隐承天寺，杨柳依依赞化宫。

半世未忘来旧雨，一堂今日坐春风。

高邮湖水深如许，待看长天万里鹏。

作于 1991 年 10 月。载《霓社珠光——
高邮市文联十年成果集》。

赠 高 邮 市 文 联

国土秦郎此故乡，西楼乐府曲中王。

江山代有才人出，不负神珠矍射光。

作于 1991 年 10 月。载《矍社珠光——
高邮市文联十年成果集》，原标题作"赠文联"。
现标题为编者所加。

高 邮 王 氏 纪 念 馆^①

皓首穷经眼欲枯，自甘寂寞探龙珠。

清芬谁继王家学，此福高邮世所无。

　　① 高邮王念孙、引之父子为乾嘉大儒，
精训诂小学，解经不循旧说，多新义。其家
在高邮称为"独旗杆王家"。纪念馆乃因其
旧第少加修葺，朴素无华，存王家风貌，可
钦喜也。

　　作于 1991 年 10 月 1 日，后作为《回乡
杂咏》之一刊于《雨花》1992 年第 2 期。注
释为刊出时加。又题作"谒王氏纪念馆"，见《甓
社珠光——高邮市文联十年成果集》。

北 海 谣①

——题 北 海 大 酒 店

家近傅公桥，未闻有北海。

突兀见此屋，远视东塔矮。

开轩揖嘉宾，风月何须买。

翠釜罗鳊白，金盘进紫蟹。

酒酣挂帆去，珠湖云霭霭。

① 北海大酒店在傅公桥。我上初中时，
来去均从桥上过，未闻有所谓北海也。傅公
桥本为郊坰，今高邮向东扩展，北海已为市
中心矣。

作于1991年10月，后作为《回乡杂咏》
之一刊于《雨花》1992年第2期。注释为刊
出时加。

虎 头 鲨 歌

苏州嘉鱼号塘鳢，苏人言之颜色喜。

塘鳢果是何物耶？却是高邮虎头鲨。

此物高邮视之贱，杂鱼焉能登席面！

虎头鲨味固自佳，嫩比河鲀鲜比虾。

最好清汤烹活火，胡椒滴醋紫姜芽。

酒足饭饱真口福，只在寻常百姓家。

作于1991年10月，后作为《回乡杂咏》
之一刊于《雨花》1992年第2期。

为 高 邮 市 政 协 礼 堂 写
六 尺 宣 纸 大 字

万家井灶，十里垂杨。

有耆旧菁英，促膝华堂。

茗碗谈笑间，看政通人和，物阜民康。

作于 1991 年 10 月，后作为《回乡杂咏》
之一刊于《雨花》1992 年第 2 期。

赠 符 宗 乾

喜二十桥明月，桥下长流，

不须骑鹤，便在扬州。

作于 1991 年 10 月 7 日。见朱延庆《汪曾祺在扬州》〔收《三立集（续集）》，大众文艺出版社 2006 年版〕。符宗乾，时任扬州市政协主席。

赠 黄 扬

城外栽花城内柳，怕风狂雨骤，

万家哀乐，都在心头。

作于 1991 年 10 月 7 日。见朱延庆《汪
曾祺在扬州》。黄扬，时任扬州市政协副主席。

如 梦 令 · 赠 黄 石 盘

二十四桥明月，二十三万人口，知否知否，不是旧日扬州。二分明月，四面杨柳，拼得此生终不悔，长住扬州。

作于 1991 年 10 月 7 日。见朱延庆《汪曾祺在扬州》。黄石盘，时任扬州市政协秘书长。

咏 文 两 首

通俗难能在脱俗，佳奇第一是文章。

十年辛苦风吹雨，听取渔樵话短长。

文章或有山林意，余事焉能作画师。

宿墨残笔遣兴耳，更无闲空买胭脂。

这两首诗作于 1991 年 10 月。载《麗社
珠光——高邮市文联十年成果集》。

杭　州

桃柳杭州无恙否，当年风物尚如初。

虎跑泉泡新龙井，楼外楼中带把鱼。

　　作于 1991 年秋，系应徐正纶之嘱撰题。见《钱江晚报》2013 年 4 月 8 日。题目为编者所加。

　　徐正纶，时为浙江文艺出版社编辑，系《晚翠文谈》责任编辑。

九 漈 歌

漈水来天上，依山为九叠。

源流一脉通，风景各异域。

或如匹练垂，万古流日夕。

或分如燕尾，左右各一撇。

或轻如雾縠，随风自摇曳。

或泻入深潭，潭水湛然碧。

或落石坝上，訇然喷玉屑。

或藏岩隙中，窅如云中月。

信哉永嘉美，九漈皆奇绝。

　　本篇见散文《初识楠溪江》（1991 年
11 月 20 日作，载 1992 年 1 月 9 日《中国
旅游报》）之《九级瀑》自引。漈，温州方言，
指瀑布。九级瀑，在永嘉楠溪江大若岩风景区。

水 仙 洞 歌

往寻水仙洞,却在山之巅。

想是仙人慕虚静,幽居不欲近人寰。

朝出白云漫浩浩,暮归星月已皎然。

不识仙人真面目,只闻轻唱秋水篇。

　　本篇见散文《初识楠溪江》(1991 年
11 月 20 日作)之《永恒的船桅》篇(载
1992 年 1 月 23 日《中国旅游报》)。水仙洞,
在永嘉楠溪江石桅岩风景区。

石　桅　铭

石桅停泊，历千万载。

阅几沧桑，青颜不改。

作于 1991 年 11 月。见散文《初识楠溪
江》之《永恒的船桅》篇。石桅，浙江永嘉
楠溪江一风景点。

石　桅

石桅泊何时，卓立千万载。

壁尽几沧桑，青颜怎不改。

作于 1991 年 11 月。见鲁虹《游走"浙
南天柱"》一文（载 2008 年 12 月 3 日《温
州晚报》）引。

赞苍坡村

村古民朴，天然不俗。

秀外慧中，渔樵耕读。

　　作于 1991 年 11 月，见散文《初识楠溪江》之《传家耕读古村庄》篇（载 1992 年 2 月 6 日《中国旅游报》）。苍坡村，浙江永嘉楠溪江畔一古村，为民俗旅游景点。1991 年 10 月末、11 月初作者曾往游。

楠 溪 之 水 清

楠溪之水清，欲濯我无缨。

虽则我无缨，亦不负尔清。

手持碧玉杓，分江入夜瓶。

三年开瓶看，化作青水晶。

本篇见散文《初识楠溪江》之《清清楠
溪水》篇（载1992年2月6日《中国旅游报》）
自引。

送 黑 孩 东 渡

燕市长歌酒未消，拂衣已渡海东潮。

何时亦有思归意，春雨楼头尺八箫。

作于 1991 年冬。黑孩（1963—　），女，原名耿仁秋，作家。现旅居日本。据黑孩藏原件刊印。

题 为 黑 孩 所 作

紫 藤 图

开到紫藤春去远，黑孩犹自在天涯。

纸窗木壁平安否，寄我桥边上野花。

作于1991年冬。据黑孩藏原件刊印。

书 画 自 娱

我有一好处，平生不整人。

写作颇勤快，人间送小温。

或时有佳兴，伸纸画芳春。

草花随目见，鱼鸟略似真。

唯求俗可耐，宁计故为新。

只可自愉悦，不可持赠君。

君其真喜欢，携归尽一樽。

　　本篇原系应《中国作家》之约而画水仙
图并自题其上，画载《中国作家》1992年第
2期封二。

岁 交 春

不觉七旬过二矣，何期幸遇岁交春。

鸡豚早办须兼味，生菜偏宜簇五辛。

薄禄何如饼在手，浮名得似酒盈樽。

寻常一饱增惭愧，待看沿河柳色新。

作于1992年1月初，作成后自书抄示
友朋，并在1月15日所作散文《岁交春》
中自引。此据1992年1月4日抄示范用件，
见范用《曾祺诗笺》一文引。

回 乡 杂 咏

水 乡

少年橐笔走天涯，赢得人称小说家。

怪底篇篇都是水①，只因家住在高沙②。

① 法国安妮·居里安女士翻译了我的几
篇小说，她发现我的小说里大都有水。
② 高邮旧亦称高沙。

镇 国 塔 偈①

海水照壁倾不圮②，高邮城西镇国寺。

至今留得方砖塔，塔影河心流不去③。

① 镇国寺塔是方塔，南方少见。塔建于唐代，上半截毁于雷火，明清重修。

② 镇国寺门前旧有照壁，是一整块的紫红砂石，上刻海水。多年向前倾斜，但不倒。后毁。

③ 镇国寺塔本在西门内。运河拓宽时为保存此塔，特意留出塔周围的土地，乃成一圆圆的小岛，在河中央。

宋 城 残 迹

城头吹角一天秋，声落长河送客舟。

留得宋城墙一段①，教人想见旧高邮。

① 高邮城南有旧城墙一段，传是宋城。或有疑义，因为有些城砖是明清形制。近因水灾，危及墙址，乃分段检修，发现印有"高邮军城砖"字样的砖头，笔画清晰。高邮在北宋为高邮军，是则残墙为宋城无疑。高邮军在宋代为交通枢要，宋人诗文屡及。

文 游 台①

年年都上文游台，忆昔春游心尚孩。

台下柳烟经甲子②，此翁精力未全衰。

① 文游台在泰山（一座土山）上，建于宋，
是苏东坡、秦少游、王定国等人文酒觞咏之处。
台有楼阁，不类宋制，似后修。敌伪时重修，
甚恶俗。近又修，稍存旧制。

② 我读小学时，每年春游，都上文游台。
台之西，本为一片烟柳。凭栏西眺，可见运
河帆影，从柳梢轻轻移过。今台西多建工厂、
宿舍，眼界不能空阔矣。

盂 城 驿①

盂城驿建在何年？廨宇遗规尚宛然。

遥想幡旗飘日夜，南船北马何喧喧。

① 高邮城外高内低，如盂。秦少游有诗
云："吾乡如覆盂"。

盂城驿在高邮城南。据云，这是全国尚
存的最完整的驿站之一。我去看过，是相当
大的一片房子，有驿丞住的地方、投驿吏卒
的宿舍、喂马的地方、关犯人的监狱……一

应俱全。从建筑看似为明建清修。我以为这是高邮真正最具历史文物价值的景点之一。但以高邮一县之力，目前很难复其旧观。

王 家 亭①

王家亭外晚荷香，犹记明窗映夕阳。

觞咏城东佳胜处，只今飞蝶草荒荒。

① 王家亭为蝶园遗物，在东城根，我读初中时常往。所谓亭子者实为长方形的大厅，隔窗可见厅内炕榻几椅，厅前池塘野荷凌乱，似已无人管理。后毁。蝶园本是高邮名园，今存其名而已。

佛 寺

吴生亲笔久朦胧①，古刹声消夜半钟②。

欲问高邮余几寺③，不妨留照夕阳红。

① 天王寺旧有吴道子绘观音，后竟不知下落。

② 承天寺夜半撞钟，小说《幽冥钟》写此。

③ 高邮城区旧有八大寺，均毁。今只保留少数庵堂。此次回乡，曾往看南城一庵，承住持长老接待。长老颇爱读小说，对我说："你所写的小和尚的事是真的。我们年轻时都有过这样的事，只是不敢说。"小说《受戒》能得老和尚印可，殊感欣慰。

忆荷花亭吃茶①

骄阳不到柳丝长，鸭嘬浮萍水气香。

旋摘莲蓬花下藕，浮生消得一天凉。

① 荷花亭在高邮公园东北角，在一小岛上。四面皆水，有小桥可通。环岛皆植高大垂柳，日影不到。亭中有茶馆，卖极好龙井茶。是夏日纳凉去处。今公园布局已变，荷花亭不知尚存在否。

这组诗系作者于1991年10月回故乡高邮省亲后返京所写。后与在高邮期间所写的《高邮王氏纪念馆》《北海谣——题北海大酒店》《虎头鲨歌》《为高邮市政协写六尺宣纸大字》（均见前）共12首一起，以"回乡杂咏"为题，刊于《雨花》1992年第2期。

《文游台》又收入《甓社珠光——高邮市文联十年成果集》。

题 《盂城邮花》

以邮名地者，其唯我高邮。

秦王亭何在，子婴水悠悠。

降至盂城驿，车马乱行舟。

邮人爱邮事，同气乃相求。

玩物非丧志，方寸集千秋。

作于 1992 年 3 月，系为高邮市集邮协会会刊《盂城邮花》所题。见金实秋编著《汪曾祺诗联品读》。

题赠《太原日报》"双塔"副刊

彩塑晋祠传万古，散文谁过傅青主。

江山代有才人出，会看春芳满绿渚。

作于 1992 年 3 月，见燕治国《蒲黄榆
畔藏文仙——访汪曾祺》，文与该诗手迹一
并刊于 1992 年 3 月 30 日《太原日报》。

读 史 杂 咏

鼙鼓声声动汉园，书生掷笔赴烽烟。

何期何逊竟垂老，留得人间画梦篇。

孤旅斜阳西直门，禅心寂寂似童心。

人间消失莫须有，谁识清诗满竹林。

窗子外边窗子外，兰花烟味亦关情。

沙龙病卧犹高咏，鼓瑟湘灵曲未终。

岂惯京华十丈尘，寒星不察楚人心。

一刀切断长河水，却向残红认绣针。

蛱蝶何能拣树栖，千秋谁恕钱谦益。

赵州和尚一杯茶，不是人人都吃得。

原载《文学自由谈》1992 年第 2 期。从诗意判断，这五首分别吟咏的是何其芳、废名、林徽因、沈从文、周作人等五位现代文人史事，他们均为"京派文学"名家。

读《水浒传》漫题

街前紫石净无瑕，血染芳魂怨落花。

丽质天生难自弃，岂堪闭户弄琵琶。

（潘金莲）

六月初三下大雪，王婆卖得一杯茶。

平生第一修行事，不许高墙碍杏花。

（王　婆）

凤凰踏碎玉玲珑，发髻穿心一点红。

乞得赦书真浪子，吹箫直出五云中。

（燕　青）

枉教人称豹子头，忍随俗吏打军州。

当年风雪山神庙，弹指频磨丈八矛。

（林　冲）

桃脸佳人一丈青，如何屈杀嫁王英。

宋江有意摧春色，异代千年怨不平。

（扈三娘）

寿张县里静无哗，游戏何妨乔作衙。

非是是非凭我断，到来不吃一杯茶。

（李　逵）

五台山上剃光头，一点胡髭也不留。

放火杀人难掐数，忽闻潮信即归休。

（鲁智深）

黑云压境美人死，冤案千年几页纸。

侠义原来是野蛮，武松不是真男子。

（武　松）

这组诗首见作者 1992 年 6 月 28 日致范用信抄示，仅有前七首，信见范用《曾祺诗笺》。后以"读《水浒传》漫题"为题，载 1992 年 7 月 6 日《文汇报》。

绍 兴 沈 园

拂袖依依新植柳，当年谁识红酥手。

临流照见凤头钗，此恨绵绵真不朽。

作于 1992 年 10 月，1993 年 2 月自书
手迹载 1993 年 3 月 4 日《中国旅游报》。

题 《 鹤 影 琴 音 》

绿纱窗外树扶疏，长夏蝉鸣课楷书。

指点桐城申义法，江湖满地一纯儒。

    小学毕业之暑假，我曾在三姑夫孙石君家从韦鹤群先生学。先生日授桐城派古文一篇，督临"多宝塔"一纸。我至今作文写字，实得力于先生之指授。忆我从学之时，弹指六十年矣，先生之声容态度，闲闲雅雅，犹在耳目。癸酉之春受业汪曾祺谨记。

    本篇作于1993年春。题目为编者所加。《鹤影琴音》，系高邮市政协盂城诗社为纪念高邮名儒韦子廉（鹤琴，1892—1943）逝世五十周年而拟编的文集，汪曾祺应邀题签并作此诗。据手迹刊印。

年 年 岁 岁 一 床 书

年年岁岁一床书，弄笔晴窗且自娱。

更有一般堪笑处，六平方米作郇厨。

本篇见散文《文章余事》（1993 年 8 月
13 日作，载《今日生活》1993 年第 6 期）。

朱小平《画侠杜月涛》序诗

我识杜月涛，高逾一米八。

首发如飞蓬，浓须乱双颊。

本是农家子，耕种无伏腊。

却慕诗书画，所亲在笔札。

单车行万里，随身只一箧。

听鸟入深林，描树到版纳。

归来展素纸，凝神目不眨。

笔落惊风雨，又似山洪发。

水墨色俱下，勾抹扫相杂。

却又收拾细，淋漓不遗沓。

或染孩儿面①，可怜缶翁押。

或垂数穗藤，真是青藤法。

粗豪兼媚秀，臣书不是刷②。

精进二十年，可为寰中甲。

画师名亦佳，何必称画侠。

一九九三年十月

① 孩儿面，牡丹名，出菏泽。
② 米芾自称"臣书刷字"。

作于 1993 年 10 月 4 日，系为青年作家
朱小平传记作品《画侠杜月涛》一书（新华
出版社 1993 年 11 月版）所作序，题为"序
诗"。诗中"缶翁"指清代大画家吴昌硕，"青
藤"指明代大画家徐渭（字文长）。杜月涛
（1963—　　），山东淄博人，画家。

五 绝 · 旅 东 山 岛 口 占

沙滩如玉屑，海屿列青螺。

不负佳山水，临风发浩歌。

作于1993年。收入东山县政协文史资
料委员会编《东山文史资料》增刊《东山岛
诗词选》（1999年10月印刷）。作者曾于
1989年12月访东山岛。

题 《 十 二 金 钗 及 宝 玉 图 》

十二金钗共一图，画师布局费工夫。

花前著个痴公子，讨得闲差候茗壶。

作于 1994 年初春，系应台州藏家陈时风之请，为戴敦邦绘《金陵十二钗与宝玉图》所题。据陈时风藏件刊印。戴敦邦（1938— ），江苏镇江人，人物画家。

昆　明　食　事

重升肆里陶杯绿①，饵块摊头炭火红②。

正义路边养正气③，小西门外试撩青④。

人间至味干巴菌⑤，世上馋人大学生。

尚有灰藋堪漫吃⑥，更循柏叶捉昆虫。

①　昆明的白酒分市酒和升酒。市酒是普通白酒，升酒大概是用市酒再蒸一次，谓之"玫瑰重升"，似乎有点玫瑰香气。昆明酒店都是盛在绿陶的小碗里，一碗可盛二小两。

②　饵块分两种，都是米面蒸熟了的。一种状如小枕头，可做汤饵块、炒饵块。一种是椭圆的饼，犹如鞋底，在炭火上烤得发泡，一面用竹片涂了芝麻酱、花生酱、甜酱油、油辣子，对合而食之，谓之"烧饵块"。

③　汽锅鸡以正义路牌楼旁一家最好。这家无字号，只有一块匾，上书大字："培养正气"，昆明人想吃汽锅鸡，就说："我们今天去培养一下正气。"

④ 小西门马家牛肉极好。牛肉是蒸的或煮熟的，不炒菜，分部位，如"冷片"、"汤片"……有的名称很奇怪，如"大筋"（牛鞭）、"领肝"（牛肚）。最特别的是"撩青"（牛舌。牛的舌头可不是撩青草的么？但非懂行人觉得这很费解）。"撩青"很好吃。

⑤ 昆明菌子种类甚多，如"鸡㙡"，这是菌之王，但至今我还不知道为什么只在白蚁窝上长"牛肝菌"（色如牛肝，生时熟后都像牛肝，有小毒，不可多吃，且须加大量的蒜，否则会昏倒。有个女同学吃多了牛肝菌，竟至休克）。"青头菌"，菌盖青绿，菌丝白色，味较清雅。味道最为隽永深长，不可名状的是干巴菌。这东西中吃不中看，颜色紫褐，不成模样，简直像一堆牛屎，里面又夹杂了一些松毛、杂草。可是收拾干净了，撕成蟹腿状的小片，加青辣椒同炒，一箸入口，酒兴顿涨，饭量猛开。这真是人间至味！

⑥ 㙡字云南读平声。

本篇见散文《七载云烟》（1994年2月15日作，载《中国作家》1994年第4期）引。题目为编者所加。

昆 明 茶 馆

水厄囊空亦可赊①，枯肠三碗嗑葵花②。

昆明七载成何事？一束光阴付苦茶。

① 我们和凤翥街几家茶馆很熟，不但喝茶、吃芙蓉糕可以欠账，甚至可以向老板借钱去看电影。

② 茶馆常有女孩子来卖炒葵花子，绕桌轻唤："瓜子瓜，瓜子瓜。"

本篇见散文《七载云烟》引。

赠 杨 汝 纶

杨家本望族,功名世泽长。

子孙颇繁盛,君是第几房。

几时辞旧宅,侨寓在他乡。

与君未相识,但可想清光。

葭莩亲非远,后当毋相忘。

作于 1994 年 12 月。据手稿刊印。

杨汝纶(1920—2016),江苏高邮人,是汪曾祺堂叔舅家表弟。长期在四川工作,曾任富顺县县长等职。

赠 杨 鼎 川

高坡深井杨家巷，是处君家有老家。

雨洗门前石鼓子，风吹后院木香花。

闲游可到上河埌，厨馔新烹出水虾。

倘有机缘回故里，与君台上吃杯茶。

作于1994年12月。据手稿刊印。

杨鼎川，杨汝纶之子，佛山大学中文系教授，时在北京大学进修。

题 丁 聪 画 我

我年七十四，已是日平西。

何为尚碌碌，不妨且徐徐。

酒边泼墨画，茶后打油诗。

偶亦写序跋，为人作嫁衣。

生涯只如此，不叹食无鱼。

亦有蹙眉处，问君何所思？

作于 1994 年，载《我画你写——文化名人画像》（外文出版社 1996 年版）。丁聪（1916—2009），漫画家。

题 丁 聪 作 范 用 漫 画 像

往来多白丁，绕墙排酒瓮。

朋自远方来，顷刻肴馔供。

偶遇阴雨天，翻书温旧梦。

剪剪又贴贴，搬搬又弄弄。

非止为消遣，无用也是用。

作于 1995 年，载《我画你写——文化
名人画像》。诗题系编者所加。

赠 高 洪 波

洪波何澹澹，楼高可摘星。

堂堂过白日，静夜觅同心。

作于 1995 年 6 月 1 日，见高洪波《星斗其文，赤子其人》（载 1997 年 6 月 6 日《南方周末》）。

高洪波（1951—　），内蒙古开鲁人。历任《文艺报》新闻部副主任，中国作家协会办公厅副主任，《中国作家》副主编，《诗刊》主编，中国作家协会创联部主任、书记处书记等职。

题 《 裘 盛 戎 影 集 》

千秋一净裘盛戎，遗像宛然沐清风。

虎啸龙吟余事耳，难能最是得从容。

作于1995年9月2日，见当日所作《难
得最是得从容——〈裘盛戎影集〉前言》（载
《新剧本》1995年第6期）。诗题系编者所加。

贺 母 校 校 庆

当年县邮中，本是赞化宫。

城外柳如浪，处处野坟丛。

名师重严教，学子夜灯红。

年年小麦熟，人才郁葱葱。

传薪光潜德，瞩望在后生。

作于 1995 年 10 月。载《鼙社珠光——
高邮市文联十年成果集》。

高 邮 中 学 校 歌

国士秦郎此故乡，湖山钟人杰。

箫吹弦诵九十年，嘉树喜成列。

改革开放乘长风，拓开千秋业。

且须珍重少年时，不负云和月。

作于 1995 年，系应请为高邮中学所作校歌。原载《百年邮中——江苏省高邮中学百年华诞》（2005 年版，内部发行）。

瓯 海 修 堤 记

　　一九九四年十七号台风袭瓯海，肆虐为百年来所仅见。计死人一百七十五，坏屋一九五四五间，农田受淹十四万亩。风过，瓯海人无意逃灾外流，共商修治海堤事。不作修修补补，不作小打小闹；集资彻底修建，一劳永逸。投入土石三百多万方，技工民工六十多万人次，耗资近亿元。至一九九五年十月竣工，阅十一个月。顶宽六米，高九米多，长近二十公里的石头堤，如奇迹出现。温州人皆曰：如此壮举，合当勒石为铭，以勖后来者，众口同声，曰："然！"乃为之铭曰：

　　峨峨大堤，南天一柱。伊谁之力？瓯之百户。

　　温人重商，无往不赴。不靡国力，同心自助。

　　大堤之兴，速如飞渡。凿石移山，淘土为路。

　　茵茵草绿，群莺栖树。人鱼同乐，仓廪足富。

　　峨峨大堤，长安永固。前既彪炳，后当更著。

　　作于 1995 年 11 月，刊于 1997 年 1 月 1 日《温州晚报》"池上楼"副刊第 1 期。署"汪曾祺铭 林斤澜序"。

题 为 褚 时 健 画 紫 藤

璎珞随风一院香，紫云到地日偏长。

倘能许我闲闲坐，不作天南烟草王。

作于 1996 年夏，系题于为褚时健所作
紫藤之上。此据《玉烟杂记》手稿刊印。褚
时健（1928—　），云南华宁人。时任云南
玉溪红塔烟草（集团）有限责任公司董事长、
总裁。

偶　感

大有大的难，群公忌投鼠。

国事竟蜩螗，民声如沸煮。

岂有万全策，难书一笔虎。

只好向后看，差幸裤余五。

非我羡闲适，寸心何可主。

华发已盈颠，几番经猛雨。

尚欲陈残愿，君其恕愚鲁。

创作要自由，政治要民主。

庶几读书人，免遭三遍苦。

亦欲效余力，晨昏积寸楮。

滋味究如何？麻婆烧豆腐。

作于1996年11月，手迹刊于《时代文学》
1997年第1期。

慰 中 国 作 协 第 五 次 代 表 大 会 诸 俊 才

生当作人杰，死亦为鬼雄。

一尊湘泉酒，万里楚江风。

作于1996年12月中国作家协会第五次全国代表大会期间，系为赞助会议的湖南湘泉集团公司所题，手迹刊于该集团内刊《湘泉之友》（1997年7月10日）。

题 《 昆 明 猫 》

四十三年一梦中，美人黄土已成空。

龙钟一叟真痴绝，犹吊遗踪问晚风。

作于 1996 年，系自题绘画《昆明猫》。首见于苏北《呼吸的墨迹——两篇手稿》（文收苏北《灵狐》一书，人民日报出版社 2004 年版）。

"四十三年"，如按从在昆明时期到作跋的 1996 年，实应为 53 年左右。或为作者笔误。

再 访 玉 烟 不 遇 褚 时 健

大刀阔斧十余年，一柱南天岂等闲！

自古英雄多自用，故人何处讯平安？

作于1997年1月6日，时作者参加第
二次红塔山笔会赴玉溪。散文《玉烟杂记》
自引。此据《玉烟杂记》手稿刊印。当时褚
时健因被举报贪污，接受调查。1997年2月
后，褚时健先后被监视居住、逮捕，1999年
被判处无期徒刑，2002年保外就医。

题 云 南 玉 溪 烟 厂

客从远方来，衣上云南云。

烟都留三日，举袂嗅余馨。

作于 1997 年 1 月，见崔篱《云南心·红
塔情》（载《红塔时报》第 741 期）引。题
目为编者所加。

贺《芒种》四十周年

芒种好名字，辛勤艺百谷。

佳什时时见，陵树风籁籁。

好雨亦知时，欣逢年不惑。

尊酒细谈文，相期六月六。

原载《芒种》1997 年第 1 期。《芒种》，沈阳市文联主办的文学杂志，1957 年 1 月创刊。

石 林 二 景

牧 童 岩

牧童坐高岩，吹笛唤羊归。

一曲几千载，羊犹不下来。

夫 妻 岩

丈夫治行李，势将远别离。

叮咛千万语，何日是归期？

十余年前曾游石林，见诸景皆酷肖，
非出附会。今足力又衰，不复能登山矣，
怅怅。一九九七年四月，汪曾祺。

作于 1997 年 4 月。据手稿刊印。

江 阴 漫 忆

忆 旧

君山山上望江楼①，鹅鼻嘴②前黄叶稠。

最是缴墩逢急雨③，梅花入梦水悠悠。

　　① 君山在城北，登望江楼可见隔岸靖江。
　　② 鹅鼻嘴礁石突出江岸，形如鹅鼻，甚
险要。
　　③ "缴"即伞，江阴都写作"缴"，以
地形似伞故。缴墩遍植梅花。1937年春，闾
校春游，忽大雨，衣皆尽湿。路滑如油，皆仆跌。

樱 花

昔未识樱树，初识在南菁①。

一夜东风至，出户眼增明。

团团如绛雪，簇簇似朝云。

寸池②水如染，甬道草更青。

此非中土产，舶载自东瀛。

谁为植此树，校长孙揆均。

一别六十载，皤然白发生。

攀条寻旧梦，三嗅有余馨。

　　① 我 1936—1938 年曾就读南菁中学。
南菁历史悠久，创校至今已 115 年。
　　② 南菁校园有圆池，水极清而甚浅，云
只一寸深，名"寸水池"。

河　鲀

鮰鱼脆鳝味无伦①，酒重百花清且醇②。

六十年来余一恨，不曾拼死吃河鲀。

　　① 江阴产鮰鱼，味美而价贱。
　　② 江阴产百花酒，黄酒之属也。

　　这组诗写于 1997 年 4 月 8 日至 10 日，系为母校江苏南菁中学建校 115 周年而作。据手稿刊印。

题 李 宏

身中尚有西湖水，

年年花发芙蓉城。

作于 1997 年 4 月末或 5 月初，时作者
赴成都、宜宾参加活动。李宏，汪曾祺堂姐
汪华的外孙女，居成都。据手迹刊印。题目
为编者所加。

题 李 佳

奶奶是才女，孙女定如何？

临风开书卷，对月舞婆娑。

作于 1997 年 4 月末或 5 月初，时作者赴成都、宜宾参加活动。李佳，汪曾祺堂姐汪华的孙女，居成都。据手迹刊印。题目为编者所加。

题朝焜、杨扬、真真

同文能重译，笔下走龙蛇，

一事最堪喜，手擎二月花。

作于 1997 年 4 月末或 5 月初，时作者赴成都、宜宾参加活动。朝焜，即李朝焜，汪曾祺堂姐汪华的儿子，翻译家。其妻杨扬，成都市文联作家。真真（李真真）是他们的女儿，时尚幼，后为四川文艺出版社编辑。据手迹刊印。题目为编者所加。

题 画 诗 三 首

竹

安得如椽笔，纵横写万竿。

岂能成个字，璁璁绿云寒。

凌 霄

凌霄不附树，无树也凌霄。

赫赫明如火，与天欲比高。

紫 藤

紫云拂地影参差，何处莺声时一啼。

弹指七十年间事，先生犹是老孩提。

这组诗是作者自拟题画诗。作年、题写、刊载情况不详。据手稿刊印。大、小标题均为编者所加。

山 居

结庐在人境，性本爱丘山。

隔户闻鸡犬，何似在人间。

据手稿刊印。作年不详。

松 · 钟

四百年前钟，六百年前松。

手抚白皮松，来听古铜钟。

钟声犹似昔，松老不中空。

人生天地间，当似钟与松。

荣名以为宝，勉立肤寸功。

解得其中意，物我皆不穷。

据手稿刊印。作年不详。

豆　腐

淮南治丹砂，偶然成豆腐。

馨香异兰麝，色白如牛乳。

迄来二千年，流传遍州府。

南北滋味别，老嫩随点卤。

肥鲜宜鱼肉，亦可和菜煮。

陈婆重麻辣，蜂窝沸砂蕰。

食之好颜色，长幼融脏腑。

遂令千万民，丰年腹可鼓。

多谢种豆人，汗滴其下土。

据手稿刊印。作年不详。

钧　瓷

钧瓷天下奇，釉彩世无比。

雨湿海棠红，云开天缥碧。

茄皮葡萄紫，冰片鱼籽粒。

孰能为此巧，神工有人力。

原载田培杰主编《诗话钧瓷》（黄河水
利出版社 1998 年 9 月版）。作年不详。

题 某 杂 志

雅俗庄谐无不可，春花秋月总相关。

为人作嫁多情思，深谢殷勤四十年。

据手稿刊印。作年不详。题目为编者所加。

宁 喝 二 斗 醋

宁喝二斗醋,

莫逢三仙姑。

但愿脾胃都还好,

能吃麻婆烧豆腐。

据手稿刊印。作年不详。题目为编者所加。

小说中的诗

季匋民自题《红莲花》图

红花莲子白花藕，果贩叶三是我师。

惭愧画家少见识，为君破例著胭脂。

见小说《鉴赏家》（1982 年 2 月 28 日作，载《北京文学》1982 年第 5 期）。诗题为编者所加。

小 莲 子 题 扇

三十六湖蒲荇香，侬家旧住在横塘。

移舟已过琵琶闸，万点明灯影乱长。

见小说《名士和狐仙》（1996 年 11 月
15 日作，载《大家》1996 年第 2 期）。诗
题为编者所加。小说在诗后有附注："高邮
西边原有三十六口小湖，后来汇在一处，遂
成巨浸，是为高邮湖。琵琶闸在南门外，是
一个码头。"

梦

给我一枝梦中的笔，

我会写出几首挺不错的诗。

可惜醒来全都忘了，

我算是白活了这一趟了。

见小说《梦》（作年不详），生前未发表。
北京师范大学出版社版《汪曾祺全集》首次
收入。

附

录

"看天染蓝了我的眼睛"
——汪曾祺新诗中的色彩和风格

纪　梅

　　汪曾祺先生以小说和散文行世，诗歌（特别是新诗）则相对鲜见。从本书看，其新诗留世三十七首。从写作时间上说，分别为一九四一年七首，一九四二年二首，一九五七年五首，一九七二年二首，一九八六年七首，一九九三年一首，一九九七年一首，另有十二首作年不详。色彩的绮丽和丰富，感知的微妙和细腻，叙事的情景化和细节化，表达的口语化和散文化，共同构成了汪曾祺诗歌的特色和个人化风格。仅就色彩表现来说，汪诗也颇具风格特征：温和、宁静、淡然、轻逸。这种气质与其小说和散文一道，构成了文如其人、人文同一的证明。

宗白华在《新诗略谈》(原载《少年中国》一卷八期,
一九二〇年二月十五日)中将诗定义为"用一种美的
文字——音律的绘画的文字——表写人底情绪中的意
境"。在他看来,"优美的诗中都含有音乐,含有图
画"。这种对诗句的音乐感、节奏感,以及对文字所
显现的形色之美的强调,也出现在闻一多《诗的格律》
(原载《晨报·诗镌》第七号,一九二六年五月十三日)
一文中。作为"格律的原质",即"属于视觉方面的"
和"属于听觉方面的"内容,构成了闻一多著名的"三
美"理论之二维,也即我们耳熟能详的"音乐美"和"绘
画美"。

宗白华的定义,特别是闻一多的"三美"理论,
在当时指导并影响了不少诗人的创作。节奏感、旋律
感、音乐性、画面感、绘画美……这些对音色的强调,
一方面接续了中国古典诗歌所推崇的"诗中有画"的
美学法则,一方面也符合新诗在描写、抒情等方面的
书写特质。

汪曾祺于一九三九年夏天来到昆明,随后入读西
南联大。闻一多先生正是该校教授。或受闻一多先生等
人的熏染,或自身性情使然,汪曾祺创作于一九四一

年的几首新诗，对物事之形相、质感和色彩的敏感和
精准把握，已充分显露出一位二十一岁的年轻诗人良
好的观察能力和细微的描绘技艺：

用绿色画成头发，再带点鹅儿黄，

好到故乡小溪的雾里摇摇，

听许多欲言又止的梦话，

也许有几丝被季候染白了的，

摇摇欲坠，

坠落波心，

更随流水流到天涯！

用浅红描两瓣修眉，

……

还有嘴唇呢，

那当然是淡淡的天青，

（谁知道那有甚么用，）

春日里，风飘着，

带有蝶粉的头巾，

如果白云下有寂寞吹拂，我愿意厮伴着黄昏。

休要让霜雪铺满了空地，

还得涂上点背景，

我抹遍所有的颜色，

织成了孩子的窗帘。

然后放下画笔，

抽口烟，看烟圈儿散入带雨的蓝天。

  ——《自画像——给一切不认识我的和一个

    认识我的》

  诗人的调色板看起来令人目盲："绿色""鹅儿黄""白""浅红""淡淡的天青""蝶粉"等等，令人应接不暇，恍若一曲色彩的交响乐，纷繁热闹。细究起来，诗人画笔所蘸取，看似繁杂，实皆初春之色，于清冷薄凉中氤氲着明亮和温馨。据诗末所注，《自画像》一诗作于一九四一年二月十六日晚，为诗人纪念其生日而作。时逢立春，诗人又刚过弱冠之年，"自画像"所捕捉之物象，皆闪烁着初春的明亮和清丽："头发""梦话""流水""修眉""头巾""白云""霜雪""窗帘""蓝天"……很明显，在诗人的画笔下，生活的形象是一个年轻同时不乏古典意蕴的姑娘。这是一个令人温暖并使人心生好奇和亲近的形象。诗人对待这位姑娘的态度也是"二月天"的："待开出恬静的馨香，／谁需要，我送给她，随她爱簪在鬓边，／爱别在襟头，／到残谢的时候，／随意抛了也好"……与其说这是一份不合年龄的平和、随意、恬淡或超然，倒不如说这是一个年轻人的羞涩和"故作成熟"。作出如此判断，是因为诗歌一开始，扑面而来的强力意志和青春期气势已暴露了诗人的年龄：

我一手拿支笔，

一手捏一把刀，

把镇定与大胆集成了焦点，

命令万种颜色皈依我的意向，

一口气吹散满室尘土，

教画布为我的眼睛心寒：

从诗意和技艺上说，这一节乏善可陈。当然，这种自认为运筹帷幄、掌控了"万种颜色"的"大胆"和"自信"，倒比某种超然之态更为切实地契合了一个年仅二十一岁的年轻人。这位年轻的诗人，虽然高傲、独断，却也无比真诚。在他眼中，"万种颜色"仅仅构成生活万象的一个个提喻，也是任其随意攫取、布置的客体。

这种意志强力，与"随她爱簪在鬓边，／爱别在襟头，／到残谢的时候，／随意抛了也好"所流溢的淡然之间，存在着不小的断裂感。虽然以今天的标准看，我们不得不遗憾地说，诗歌中所展示的看似强大的主体性，如果没有相与匹配的经验内容、感受力和表达技艺，便犹如隔空打拳，所耗气力，终不过消散于空气之中，徒留一堆字词的皮囊。然而置于当时，这一节至少提供了一种迥异于古典诗词风格和"调子"的"新诗"气息和内容。

在写于一九八二年的散文《湘行二记》中，汪曾祺有"化大境界为小景，另辟蹊径"之语。这一写作之法，不光被他用在了散文和小说中。在诗歌中，诗人或通过诉诸小意象来观照一个深长的时空，如《昆明小街景》通过"盲老人的竹杖"和"毛驴儿的瘸腿"丈量"荒唐的历史"和"长街的寂寞"，以"收旧货的叫唤"推开"太史府深掩的门"……对时间流逝的体悟，也是经由茶叶颜色浓淡变化的折射：

有人说故事像说着自己，

有人说着自己像说故事。

有人甚么也不说，抽抽烟，

看着自己碗里颜色淡了，

又看别人碗里泛起新绿。

　　　　——《小茶馆》

　　诗人也常常满足于对"小景"之小形小色的观照

和描摹：

石板路记下了，那

驮马的蹄子的滑蹶，

炉中的残碳里去了

温热，褪下艳紫深红，

……

　　　　——《小茶馆》

　　石板路和马蹄子的冷硬、湿滑，反衬了残碳的余温。

这温度不仅来自炉火，也来自"艳紫深红"四字本身

的温度和色泽。汉字的象形、会意等构造方式，使汉

字本身具有了一定的视觉功能和想象空间。汪曾祺善

于使用文字本身的质感，将相近气质和温度的词语、
意象放置在一起，让它们互相点亮，让每个字词本身
成为一台小小的诗意发动机：

二月天在一朵淡白的杜鹃花上谢落了，

又□向何方。我还未看清自己的颜色。

    ——《消息——童话的解说之一》

我们园里的树上

开满淡白的蝴蝶，

    （还有红的，还有金的，

还有颜色以外的！）

青的虔诚的梦

有水红色的嫩根，

我们的柳丝是，哦，

流着醉的睇视的

柔发，流着许多

甜的热度

    ——《封泥——童话的解说之二》

这两首写于一九四一年的诗，标题都跟"童话"有关，也都闪烁着淡白的青春色泽。"淡白"既是"杜鹃花"和某种"蝴蝶"样的花朵的颜色，也形成了"二月天"和"园子"的温度。"淡白的杜鹃花"和"蝴蝶"为"二月天"和花园过渡了形态和色泽，后者也为时间和空间传递了初春的气度。

　　　打开明瓦窗，

　　　看我的烟在一道阳光里幻想。

　　　（那卖蒸饭的白汽啵。）

　　　够多美，朋友又说了，

　　　若是在北平啊，

　　　北平的尘土比这儿多，

　　　游鱼梦想着桃花瓣儿呢，

　　　……

　　　哪儿没有春光，您哪，

　　　看烤饵块的脱下破皮袄，

　　　（客气点好吧。）

　　　尽翻着，尽翻着，

　　　翻得直教人痒痒，

说真的，我真爱靴刀儿划起来的冰花儿，

小粉蝶儿，纱头巾，

飞，飞，

喝，看天染蓝了我的眼睛，

该不会有警报吧，今儿。

——《昆明的春天——不必朗诵的诗，

给来自故乡的人们》

　　汪曾祺著有散文《跑警报》，将艰难的战时生活写得不乏意趣，很大程度上柔化了"警报"和战事产生的紧张气氛。《昆明的春天》一诗末尾也响起了"警报"，却是通过一种辽阔而宁静的颜色反衬。警报和蓝天，一声一色，都浮现于空中。前者震撼耳鼓，使人心生恐惧、焦虑、紧张，并遁入昏暗的防空洞中；后者安静铺展，纯洁、高远，并能"染蓝"诗人的眼睛。而"眼睛"，总不免使人想到"心灵"。

　　"看天染蓝了我的眼睛"，这时的诗人不再"目空一切"地"教画布为我的眼睛心寒"，相反交由蓝天定义自己的眼睛和心。物象之色彩，成了某种先天实在，在与主体相遇的那刻，将自身之色过渡于后者，并点染其主体性。此刻，是颜色改变、定义主体，而非相反。就如当代诗人李森所言："色是原初的看－见，是视觉的直观到达，即先天摄取。事物、事态在人的视觉中的原初开－显，即是色的开－显。" 迎接、接纳色彩开显的主体，告别了独断意志，成为具有生长性的、可被创造的主体。

总体来看，在诗人居于昆明期间，即作于一九四一和一九四二年的近十首诗歌中，点染了诗人眼睛的颜色不仅有"天蓝"和"水红"，还有素洁之淡白，杏瓣之粉红，青草之浅绿，茶叶之新绿……如写于一九四一年的《旧诗》："当月光浸透了小草的红根／一只粉蝶飞起自己的影子"；"两排杨树裁成了道道小河／蒲公英散开了淡白的纤絮"……这些颜色都属于初春，属于青年，青涩而甜美，素雅而恬淡。

间或也有"绝绿"和"黑色"等编织的晦暗、荒凉之色。如创作于一九四二的十四行诗《落叶松》：

> 离绝绿染的紫啄的红爪，
> 鳞瓣上辉煌的黑色如火，
> 管春风又煽动下年的花。

终也落下，没有蜜的蜂巢，

而，积雪已抚育谎的坚果。

山头石烂，涧水流过轻沙。

还有一首《有血的被单》，记述了年轻的"潜弟"的吐血病症。这位受病痛折磨的年青人，吐在被单上的血形成了"印花布上的油污"和"磁质的月光／摇落窗外盛开的／玫瑰深黑的瓣子"。"油污""月光"和"玫瑰深黑的瓣子"等色彩之喻，极言血污暗黑之时，又使血迹产生了反光的质感。然而诗人并未一味使这痛苦沉入不可承受之深渊，相反，在诗末，他用了一个"空"的想象，让我们视觉和感受力拐了一个弯：

……你的心
是空了旅客的海船。

病痛一下被悬立于一片无边无际的海域。此心之空，又似因咳血过多而被掏空了。这种以轻搏重、以心之"空"言痛之实的高妙技艺，颇符合汪曾祺自言的"化大境界为小景，另辟蹊径"之法。

"初春"的气息和意象也延伸至一九五七年的组诗《早春》中：

　　杏花翻着碎碎的瓣子……

　　仿佛有人拿了一桶花瓣撒在树上。

　　　　——《杏花》

　　（新绿是朦胧的，漂浮在树杪，

　　完全不像是叶子……）

　　远树的绿色的呼吸。

　　　　——《早春》

一九五六年"双百方针"的提出，使文艺界在一九五七年绽放成一个短暂的"早春"。汪曾祺于是也创作了五首新诗，并刊于《诗刊》一九五七年六月号。不过，这些露头的小骨朵，旋即就成了写作者的有罪证据。如这首《早春》，一年后就被另一位诗人"同志"批评说："连呼吸都是绿的，你把我们的社会主义社会污蔑到了什么程度？！"

除上述两首短诗，另一首《彩旗》也十分短小，只有两行："当风的彩旗，／像一片被缚住的波浪。"也是止于对瞬间形色的捕捉。《黄昏》和《火车》，也简短不足七八行。这五首短诗中，色彩的开显和表现仍然构成了最核心的主题。"杏花""树杪""叶子""波浪"等取自自然的柔和、清丽和素洁的意象，以及它们活泼的气息，与此刻相对宽松的政治氛围有关，更源于诗人随性、自在、乐观、恬淡的性情。在后来的回忆文章《随遇而安》中，汪曾祺曾回顾说："一九五七年我曾经因为一些言论而受到批判，那是作为思想问题来批判的。在小范围内开了几次会，发言都比较温和，有的甚至可以说很亲切。事后我还是照样编刊物，主持编辑部的日常工作，还随单位的领导和几个同志到河南林县调查过一次民歌。……"大难即将临头的诗人，难得地葆有一颗"随遇而安"的心。这颗心使他在黄昏时刻也能嗅到"早春的湿润"：

青灰色的黄昏，

下班的时候。

暗绿的道旁的柏树，

银红的骑车女郎的帽子，

橘黄色的电车灯。

忽然路灯亮了，

（像是轻轻的拍了拍手……）

空气里扩散着早春的湿润。

    ——《黄昏》

  写于一九五七年的几首诗，保持了汪诗的一贯特质，即满足于描绘目之所及处的"小景"："暗绿的道旁的柏树"，"银红的骑车女郎的帽子"，"橘黄色的电车灯"，"路灯"……诗中形色、气息，包括偶尔出现的想象，都是生发于此一时一地的。这是一种倾注于瞬间和有限性的诗歌。换句话说，汪诗很少出现宏大的意象、深远的时空，以及总体性的语言，更鲜见评议之辞。除两首写于一九七二年、略含讽刺意味的《瞎虻》和《水马儿》（这在当时实在难得），汪曾祺再次提笔作诗，已是一九八六年了：

  有一个长头发的青年，

他要离开草原。

他觉得草原太单调，

他越走越远。

他越走越远，

穿一件白色的衬衫。

有一个长头发的青年，

他要离开草原，

他觉得草原太寂寞，

他越走越远。

他越走越远，

穿一件蓝色的衬衫。

有一个长头发的青年，

他要离开草原，

他蓦然回头一望，

草原一望无边。

他站着一动不动，

穿一件大红的衬衫。

　　——《有一个长头发的青年》

最令人注目的，依然是颜色。一、二两节只有两处差异，一处在于青年的心境和感受："单调"和"寂寞"。前者更多指向草原的物理景观以及由此带给青年的视觉体验，"寂寞"则更强调心理感受。另一处则是颜色："白"与"蓝"。在色谱中，白色和蓝色都属于冷色系，然而它们又存在着些微差异：白色素洁、单一，蓝色宁静、辽远，在此分别代言"单调"和"寂寞"，再恰当不过。

至第三节"他蓦然回头一望，／草原一望无边"，青年所行已远，此时对草原的观看和感知也从微观过渡到了总体性的："草原一望无边"。此刻青年的衣衫也变成了醒目的"大红"。在一望无边的绿色草原，红色构成了背反、叛离、逃脱、裸露、凸显……这同样是青年与草原的关系。有关时间流逝、心境改观的抽象主题，诗人依然是通过颜色符号的改变来完成的。

自写出第一首新诗到一九八六年，四十多年过去了，诗人已走过了大片草原，并经过了"反右""文革"等沟壑暗渠，此刻他已成为一个老人了。写于这一年的另外几首诗，如《赛里木》《吐鲁番的联想》《巴特尔要离开家乡》等，旋律、节奏和意境，都更接近于简朴的民歌和小调。如其中一首《歌声》："他很少回他的家乡，／他的家乡是四川绵阳。／他每年收到家乡寄来的包裹，／包裹里寄的是干辣椒，豆瓣酱。"简则简矣，却未免失之贫乏和粗陋了。这非汪曾祺一人的缺失和遗憾，很多经历过"文革"的诗人，写作水准都已不及年青时代了。

令人庆幸的是，在散文和小说中，这位老人仍旧延续着创造力和想象力的"早春"。

纪梅，云南大学文学院博士研究生。